夏小果的秋天

XIAXIAOGUO DE QIUTIAN

仝志男◎著

图书在版编目（CIP）数据

夏小果的秋天/仝志男著. --合肥：安徽文艺出版社,2021.8
ISBN 978-7-5396-7237-3

Ⅰ.①夏… Ⅱ.①仝… Ⅲ.①诗集－中国－当代
Ⅳ.①I227

中国版本图书馆CIP数据核字(2021)第123479号

出 版 人：段晓静
责任编辑：汪爱武　　　　　　装帧设计：徐　睿　邓　雁

出版发行：时代出版传媒股份有限公司　www.press-mart.com
　　　　　安徽文艺出版社　www.awpub.com
地　　址：合肥市翡翠路1118号　邮政编码：230071
营 销 部：(0551)63533889
印　　制：安徽新华印刷股份有限公司　(0551)65859551

开本：880×1230　1/32　印张：10.25　字数：150千字
版次：2021年8月第1版
印次：2021年8月第1次印刷
定价：45.00元(精装)

（如发现印装质量问题，影响阅读，请与出版社联系调换）
版权所有，侵权必究

目 录

看，原野上那个背包女人的背影
——读仝志男诗集《夏小果的秋天》（曹化根）〇〇一

大地之果

　　一念黄山塔／〇〇三

　　南庄，鹭鸟飞／〇〇五

　　鼓楼，你好／〇〇七

　　替代品／〇〇九

　　故乡的原风景／〇一一

　　经过阳泉／〇一三

　　小镇／〇一五

　　白小薇在西塘／〇一八

　　从你的全世界经过／〇二〇

　　青海湖／〇二二

　　村庄／〇二四

　　深渡港／〇二五

乌镇来信 / 〇二八

经过九号高炉 / 〇三一

飘 / 〇三四

秋雨中，一棵银杏微黄 / 〇三七

桂花 / 〇三八

翠螺山上的秋光 / 〇三九

南星路上 / 〇四一

荷 / 〇四三

昭关印象 / 〇四五

存在 / 〇四七

语言的隐身服 / 〇四八

矿灯 / 〇五〇

篾匠街 / 〇五二

薰衣草 / 〇五四

望乡 / 〇五五

菜花，菜花 / 〇五七

风带走的 / 〇六〇

老米缸 / 〇六一

城郊之南 / 〇六二

童年印记 / 〇六四

生活之轻

陌生人来信／〇六九

女人的月亮／〇七〇

关于爱情／〇七二

愚人·复活／〇七四

吹魔笛的孩子／〇七六

我在，你没来／〇七八

在别处／〇八〇

省略了一个人的称谓／〇八二

烟火气／〇八四

都市夜归人／〇八七

在语言的独木桥上，他们遇见／〇八八

春寂／〇九〇

自然指数／〇九一

吉他手／〇九三

雪夜／〇九四

和小说家们在一起／〇九六

拉二胡的男人／〇九八

抽烟的女人／一〇〇

亲爱的生活／一〇二

一个男人的肖像／一〇四

虚拟／一〇六

制陶 / 一〇八

野孩子 / 一一〇

秋分 / 一一一

默片 / 一一三

安好 / 一一五

把控 / 一一七

七月的荞麦茶 / 一一八

清明,蚕豆花开得好旺 / 一二〇

蜂鸟,体内的海 / 一二二

高铁 / 一二三

燕子,隐身的人 / 一二五

乌鸦,不朽的卡西姆多 / 一二六

病了 / 一二七

一只鱼的死亡 / 一二九

画 / 一三〇

秋天的童话 / 一三一

万物生 / 一三三

铁匠的目光 / 一三四

卡布奇诺小镇 / 一三六

一棵开花的树 / 一三八

下午茶 / 一四〇

雨后 / 一四一

打雷了 / 一四二

错过 / 一四四

致青春 / 一四五

时间之布

霜夜 / 一四九

钉子 / 一五一

时间速写 / 一五三

答案 / 一五四

夜歌 / 一五五

夜的七月 / 一五六

青橄榄 / 一五七

十七岁 / 一五九

水在时间之下 / 一六〇

夕阳外 / 一六六

失眠的弗洛伊德 / 一六八

致—— / 一七〇

解构 / 一七二

五月十三日 / 一七四

午夜的华尔兹 / 一七六

垂钓时间的曲线 / 一七七

秋天的飞翔术 / 一八〇

风的缘故 / 一八二

流浪 / 一八四

复多 / 一八五

小雪这天 / 一八七

存在，灵魂的事 / 一八九

断片 / 一九一

馈赠 / 一九二

微念 / 一九三

微澜 / 一九四

栖息 / 一九六

云脚边的歌声 / 一九八

把自己种成一棵树 / 二〇〇

以红叶的名义 / 二〇二

天空之镜

在寂静之上 / 二〇五

琉璃 / 二〇七

百年孤独 / 二〇八

隐秘的力量 / 二〇九

暗堡 / 二一〇

敲打蓝 / 二一一

红豆 / 二一二

寄 / 二一三

天空之镜 / 二一五

悬 / 二一八

春风无解 / 二二〇

爬山虎 / 二二二

慈光 / 二二四

无药 / 二二五

鱼的隐晦 / 二二七

辨认 / 二二九

在面具背后，闪烁 / 二三一

我们是大地的 / 二三三

人间四月天 / 二三四

水形物语 / 二三六

午后之境 / 二三八

秋天的问寻 / 二四〇

迷离 / 二四一

听秋 / 二四三

向日葵 / 二四六

蹚过同一条河流 / 二四七

芒种 / 二四九

画布上的树 / 二五一

关于陶 / 二五二

酸菜心 / 二五四

豹子 / 二五五

山的回响 / 二五六

夜来风雨声 / 二五八

开到荼蘼 / 二五九

风的骨头敲红叶 / 二六〇

夏小果之纪

目睹 / 二六三

1月30日　周四　晴 / 二六五

1月31日　周五　晴 / 二六七

2月1日　周六　晴 / 二六九

2月3日　周一　晴 / 二七一

2月4日　周二　晴 / 二七三

2月5日　周三　晴 / 二七五

2月8日　周六　阴 / 二七七

2月10日　周一　阴 / 二七九

春日以降 / 二八一

每天都有人替我去了 / 二八三

若有疼痛 / 二八五

新柳 / 二八六

2月16日　周日　晴 / 二八八

2月17日　周一　晴／二八九

2月18日　周二　晴／二九一

2月19日　周三　多云／二九二

2月22日　周六　晴／二九四

2月23日　周日　多云／二九六

3月2日　周一　阴／二九七

植树节／二九八

狂欢的雨忧郁着／三〇〇

一只白鸽的眼神／三〇二

看,原野上那个背包女人的背影
——读仝志男诗集《夏小果的秋天》

我最早读到仝志男的作品,是她的散文,随后读到她的小说,最近又读到她的诗歌。几年前她出版了一部散文集《一个小城女人的笔记》,集子中的大部分文字我都在出版前陆陆续续看过,而且还提过少量的建议,有的被她最终吸收采纳。因为一段时间的跟踪阅读,而且又算是创作过程介入式的点评,我对她的散文意蕴有比较准确的把握。随后读到她的几个中短篇小说,我的感觉和意识变得模糊起来。尽管一切都符合当代小说的规范,环境、情节、细节、高潮一应俱全,一些心理刻画颇有朦胧的意识流的特征,文本也很好读,但我很难把她的这些小说与她的散文截然分开,甚至有一次我特地打电话问她自己怎么看待自己的小说。我认为，她的小说在叙事和抒情上与散文没有本质区别，只是多了对人物心理的刻画和对人物命运走势的铺陈展开。当然，今天的读者在阅读时很少会考虑文体间的异同，读者能获得美的享受和精神愉悦就是作者最大的成功。最近两年又读到她的诗歌，而且不少都是发在《星星》《诗刊》等老牌诗歌大刊上的，但坦率地讲，她的部分诗歌我没读懂。不过，沿着她一贯的创作理路，对其诗歌轮廓概貌应该还有一个基本的把握。

仝志男是行动派的诗歌作者。她的写作勤奋而踏实。这里的勤奋而踏实还包含了她为写作所做的准备，我尤其欣赏她打起背包，迈开双腿，深入实地采访采风的实干精神。这，也是我把这篇评论文字命名为《看，原野上那个背包女人的背影》的原因。仝志男肤色不算白皙，大概与她经常在野外奔波有关，在我看来，她不像当今绝大多数女性那样过分注重保养，她所注重的是足之所履、目之所触之处带给她的那种兴奋。她个子不高,但作风干练,走起路来仿佛脚底生风。她走到哪里,都会随身背着一个双肩包。这个双肩包不是多数女性背的那种迷你包,而是那种沉甸甸的大背包,许多时候,背包从腰际一直高过头顶,给人的感觉是她说走就走,随时要出远门,踏上迢迢征途。因此,写作使她身体健康,她的笑声会从远处传来,感染大家。翻开她的诗集,大量诗歌都是对田野、对旅途、对客栈、对远方的描写,她的身影也清晰地映现于诗歌的字里行间。她的诗歌,当然也有许多想象,但更多的是对实景的呈现,从这个意义上说,她的诗歌是走出来的。也是因为勤奋,她练就了速写般的本领。从她每首诗歌的创作日期就知道,仝志男许多时候是在刚刚下榻旅店、放下背包就开始写作了,她的脑海里,还残留着兴奋,这样的写作,带着清晨的甘露和花香,带着夕阳的余晖与苍茫,更带着热度和激情,诗歌文本泼辣生鲜。古人讲"读万卷书,行万里路",仝志男不自觉地践行了,古人说"诗画同源",仝志男的诗歌就是一幅幅即时素描,一些地方没有来得及修饰润色,就像刚刚砍伐的原木,散发出木质纹理的清香。

　　仝志男是乐天派的诗歌作者。乐天源自个性,写作又不断增加她的自信。乐天的个性和不断增加的自信相互融合催化,使她的诗歌创作进入良性循环的状态。仝志男敢爱敢恨,敢闯敢试,这从她处理日常事务的果断行动中都能表现出来。她有诗人的较真,有时也很天真,而没有当今一些诗人的唯唯诺诺。她写诗没有负担,感觉来了,笔底就哗哗流淌出诗句。与一些科班出身的诗人相比,她的写作基础没有多少优势,但她善于学习,广泛阅读,尤其值得一提的是她非常注重对中外当代诗人的技艺进行悉心揣摩,能够很快弥补短板发挥所长,而且很快就能在诗歌创作中体现出来。她的很多诗题,比如《人间四月天》《百年孤独》《向日葵》《鸢尾》《望乡》《万物生》《都市夜归人》

《致青春》《从你的全世界经过》《故乡的原风景》等等，都是当代读者耳熟能详的一些艺术作品的名称。仝志男大胆借用这些名称作为诗题，一方面说明这些作品深深打动过她，另一方面也说明这些作品引起仝志男的浮想联翩，进而必须自己再创作一首同名诗歌礼敬原作。这里只举《故乡的原风景》一例。《故乡的原风景》是日本音乐人、陶笛大师宗次郎的代表作，清新悠扬的旋律打动了一代又一代听众，城市化进程加快加剧了人们对昔日乡村与纯朴风景的怀旧，这支曲子的影响力更是与日俱增，从网上对这支曲子的热烈讨论就可见一斑。有理由相信，仝志男也被这支曲子深深打动了，但她的诗歌《故乡的原风景》完全不是对原曲意境的仿写，她刻画了一个一夜未眠的"离乡者"整夜的思绪。这整夜的思绪尽管还残留一点点故乡的影子，但"离乡者"思绪的重心在于对"文字如何才能深刻地袒露灵魂"的思考。因此可以说，乐曲《故乡的原风景》只是仝志男同题诗歌创作最初的跳板，正如俗话说的"卤水点豆腐"，乐曲《故乡的原风景》是那一滴"卤水"，仝志男依靠这一滴"卤水"制作出了满板脂嫩鲜白的"豆腐"。

　　仝志男是情感派的诗歌作者。所有好诗都是对情感集中鲜明的表达。乍看上去，仝志男的诗歌情感并不热烈，好像只是平静地叙事，但掩映于平静之下的是一团一团深沉浓烈的人间亲情。《清明，蚕豆花开得好旺》就是寓深浓之情于平淡之语的好例子："并非咳嗽，天也很蓝/但我的嗓子还是情不自禁呛了/经过苏李村，透过那列白杨/隐现绿色穹隆/我与您，就近了//途中几个岔道/许多时间，我丢了自己/找不到出口，找不到下一站的路/但庆幸，每年这个清透日子/我始终记得您那儿//向阳山坡，松柏比去年又绿了一层/油菜花泼辣得生辉人间/阿訇说，多沉思/而不是放声与鞭炮握手//野豌豆长得疏密有致/它们不像野生的，倒像特意与这片黄土做伴/敬上菊，我低下的身体/就和您又亲了一次//来的路上/蚕豆花开得好旺/星星紫紫，风一吹，它们就笑出/同您一样的味道。"这首诗还有一个题记："献给我的姑母。"这首诗的好处就在于不即不离。诗人在清明节去祭祀已故的姑母，这样的事情年年发生，很平常，诗中所叙包括诗人一路上的恍惚和所思所想应该都是事实，作为回民，阿訇告诉诗人多沉思，多少展示了回族特有的习俗，这一切都显得平平静静，但白杨、松柏、油菜花、野豌豆、蚕豆花以及岔路、村庄仿佛都在春风中苏醒了，尤其是最后一段"来的路上/蚕豆花开得好旺/星星紫紫，风一吹，它们就笑出/同您一样的味道"，打破了生与死的界限，好像姑母仍然好好地活着，笑意盈盈，身上还有花的香味，就像姑母还牵着童年的作者，无忧无虑地在春风中漫步。我和姑母之间的感情没有多少正面的描写和渲染，但这种感情已经融入遍地的春风和花香。这样地忆故人，超越了一般的哀思，是真情的自然流露，明净、豁达、深挚。这让我不由得想起王维《送沈子福归江东》:"杨柳渡头行客稀,罟师荡桨向临圻。唯有相思似春色,江南江北送君归。"可见,古今好诗的感情表达是一致的。

仝志男是现实派的诗歌作者。诗集最后一部分《夏小果之纪》,诗人有一段这一部分的题记:"是我,又绝对不是我。2020年,遗忘是可耻的。庚子年,谁都无法轻易翻过的一页,以笔涂痕。之卑微,之痛惜,却又在艰难中奋力擎起光亮和至上。"这一部分基本上都是纪事诗,是对2020年春天新冠肺炎疫情的记录。诗人从1月26日也就是年初二《目睹》记起,而这一天也正是她所在的江东小城开始封城的第二天,可见诗人捕捉重大现实事件的敏锐性。而前一天1月25日,大年初一,著名诗人祝凤鸣逝世。大年初一晚上,诗人王单单在其微信公众号发布他的第一组疫情诗歌《庚子春节,武汉或其他》。这一切,都被仝志男囊括成《目睹》的第一节:"小雨,中雨,雨夹雪,它们替代了庚子的年初二/凤鸣廿五去往枫香驿停留成句点/持烛者倾诉人类悲哀/继续站在不远的秘蓝之境。王单单写下：/庚子春节，武汉或其他/她的雨山，桃源，天泽水岸，中央花园口罩遮蔽人的表情/电子体温计告罄。"没有对现实的密切关注和充沛的情感，是断然写不出上述诗句的。在整个记录过程中，仝志男把家国情怀、理想与现实、爱与恨、日常与极端、紧张与放松、焦虑与希望、恐惧与坚守、物候与心情等等，熔为一炉，为一座城市保留了真实、独特而又鲜活感人的抗疫图谱。也正是在这极端特殊的情况下，诗人的心灵触觉才能更加精细、幽微，《2月22日 周六 晴》第一节这样写道："鸟鸣，窗外。天空，炸开的蓝/安，比什么都好/她甚至觉察到二月枝条渐渐复苏的春意。"这是对安宁的期盼，对初步战胜疫情的欣喜，对春天脚步的谛听，是艰难跋涉后的休憩和安逸。

最后，仝志男也是一个多少有点小资派的诗歌作者。我们生逢这个时代，承平日久，

○—○

作为一名女性诗人，仝志男的一些诗歌不可避免地流露出岁月静好的小资情调。这与前面所说的种种并不矛盾。两者的统一，方能见出诗人的全部真实和性格的多面与完整。诗集中，有三个虚拟的人物夏小果、白小薇、陶丁丁，在我看来，她们都是诗人灵魂的化身，她们乘坐高铁，来往于江南小镇或遥远的天空之镜，或是坐在某一家闪烁烛光的小筑、庭院，在一杯卡布奇诺的陪伴下聆听古琴，或是隐身于一处陶艺作坊，体验制陶的乐趣，或是走到绿色的邮筒边，投寄一份首日封。《白小薇在西塘》《小镇》《秋分》《默片》《卡布奇诺小镇》等等，都是某种闲适生活和娴静心态的象征。细心的读者如果把这些诗歌与《拉二胡的男人》《抽烟的女人》《女人的月亮》相比，就会发现两组诗歌的情感差别是很大的。后一组诗歌关心的是一个人整个的生命，粗粝、尖锐，这些底层的人有抗争，有认命，诗歌所呈现出来的是带血的痂壳，而前一组诗歌是轻松闲适甚至带有点慵困意味的。由此我们也认识到仝志男创作心理拥有较大的弹性。

　　仝志男的诗歌尚在发展变化之中，而且据我判断，将来的变化还会很大。仝志男的部分诗歌不好理解，大概有几个原因。其一，过多的地方性知识，容易让一般读者不明就里。如《一念黄山塔》《南庄，鹭鸟飞》，我知道诗中的黄山塔和南庄的位置，并且知道黄山塔的来历及南庄与乌江霸王庙的关系，我就很容易理解作者想表达的意思。但对大量读者而言，黄山塔和南庄完全是陌生的存在，这就割断了理解诗意必要的通道。其二，作者引用当代中外一些诗人的诗句，这些诗句嵌置在原有的情境之下，是统一的，而置于新的情境，如果缺乏必要的过渡，也会形成理解的障碍。其三，作者遣词造句的个性有时过于突出，压倒了共性。如何寓共性于个性之中，求得共性与个性的平衡，是个普遍的哲学问题，对于当代诗歌创作也是适用的。如果说情感是诗歌的内容，那么语言的感性和直接性就是诗歌赖以生存的身体。我们反对泛滥的口水诗，也要警惕层层包裹的礼品诗。仝志男的诗歌题材广泛，感情真挚，关注现实，表达独特，熔铸美好，如果在以上几个方面再稍加锤炼，美妙的诗境当会赢得更多读者的喜爱。

看，原野上，那个背包女人的背影再一次出现于我们期待的视野！这一次，是更靓丽的倩影。

曹化根
写于 2021 年 4 月 20 日

（曹化根，中国李白研究会理事，安徽马鞍山市文化学者，评论家。）

大地之果

感念每一处生养的土地。行走或者想象体验,继以承载心灵之旅的落点。每个人都是鼓手,敲打自己的音符。粒粒是否浑圆,一颗果子的回声存留于脚下的泥土。

一念黄山塔

要与你说起黄山,黄山塔。

"缘由,答案,或者追溯",你要遗忘任何
　　一种理论支撑
和她去往凌歊台古址

笙歌是昨夜的。而现在
巨石岿然
金戈是洪涛的。"楚歌,十面埋伏,霸王
　　别姬"
而此在不远的江流,滚滚。江心洲上垂钓——
风中故事

书写,和未及写的。与她一起抄开杂草丛生

的山径
经过黄山塔以后南坡下的巨石
"凌歊"隐约,苔迹隐约,更多不能识别的
　　隶篆隐约
而掩映它的榔榆、老槐、香樟
要多高有多高,要多葱绿有多葱绿

可她还是凑近凌歊巨石
逐一辨认石头上镌刻的划痕,而你必定轻声
　　念出
那些能穿透时间的字迹。

南庄，鹭鸟飞

那些褐色果子在冬天的枝头
它们并不凋零
路边、草丛，她仍旧注意到一棵木芙蓉的
　生气
像史卷里不能罢休的重瞳
仅剩头颅的岩石也发出咻咻低吼

芭蕉树下，风——
刀片一样割。却后来轻轻绕向杉树林，
　墙影间
深几行浅几行

撞钟的人，肃穆而立之年后的一声响，戛然
琵琶铮骨深默

乌骓马长嘶的江水,滚滚
青山迢递脊梁

呜咽止于莽莽。
凤凰山边的南庄,禾田沐浴着冰蓝
绿意是掩藏不了的
许多突然亮翅的白羽与黑鹭鸟的起飞
它们的每一种可能

并非视野里的升降与动静

鼓楼,你好

"建立坐标",很久的时候
宋,或者更远。"辛卯春"① 监制的阶梯、
　墙体和櫧门不易察觉部分
无有抽象,苜蓿花的白曳舞着纯净
时间汇流,夫子端坐于小市口轴线

晨曦斜照的东方,大京兆牌坊巍峨
而承恩是记取的
而吸纳缄默成足下每一块方砖。它们铺垫,
　延伸至

---

　① 和州鼓楼城墙现存有两面刻有文字的砖,一面是"知州罗锡畴督造",一面是"光绪辛卯春"的字样。

缓缓的坡上

一座城的庄重,并非陋室铭的传颂,也并非
  林立雄踞的屋宇中

山川无极。
念劬塔、文昌塔矗立云霄
田埂上的野豌豆、苇草、矮牵牛、紫扁豆,
  它们开花
结果,且低下自己和经过的蝼蚁
相爱相亲

替代品

1
十月很多替代,它们蜂拥,不声响,以枫的
　　渐进
上扬。色泽。且招摇在枝梢
那枚孤棋低伏黑白之间
过河或者跋涉,都遭遇可能的险境与毁灭
以及淡漠
2
烟袋斜街小雨,秋色的。她找寻自己的空隙
潮来潮往,异域的,青葱的,超拔的
她微卑的身体蜷缩进未名的巷弄
爬山虎悬垂,绿
隔世的恓惶和蓬松,伸向泥土的浮表
老墙剥落,四五进深处院落

晃出缁衣人
3
镂空方格铁皮暖水瓶,一帧文青的画幅
默默于白墙
太阳。八一。红五角星。旗帜。
它们以不可一世的姿态徽章烽火历史与雄壮
　与荡气回肠
军用水壶眠卧铅色光影,她安静
饮食。
4
前海荷花市场凋敝。青黄的莲叶擎高秋天
　的水
金发白色女人驻足长廊
她手中焦距调整了很久时间,半海
莲荷未动色彩的秋天
两个牵手的人,一高一矮闲荡过前海北沿
　十五号
大红朱漆门,走黑的草体
运足景泰蓝写意

故乡的原风景

扎于土
念及地名便宁和了生命中的翻滚与
挣扎。如你所偏爱的浅色
倒影的全部早已洞察乡音浸染的风寒,不敢
　妄自调笑
吝啬文字的羽毛,绝不廉价置换
时间的魂魄。

要怎样读取翱翔的意义?漂泊者恐惧黑水塘
　里的逼近
瓦解一点一滴
荷莲。水鸟。湿地。小镇。湖海的青。
江流的浊——
望见一个人怀抱自己走进故地

走进夜的孤独
与苍凉

没能如你预想。有多慌张,就有多笨拙
痛恨以虚假的色彩和招摇去
设计人世。却并不阻止黑麂鹿的逃脱与撒欢
当对语言或文字忠诚,必定裸露灵魂的一
　部分
时间的燃烧品,忠实于骨头。

雨响了一夜,离乡者醒着。白栀子的白香了
　半城的天
烟火里那么多蜉蝣,请允许自在喂养
磨砺过的,埋置桑榆。

经过阳泉

苍黄的秉性像是河流另一次出行
经过你,目不转睛
一分钟停靠,我已经陷入古远的溯洄

父亲叮咛:不要下去
异乡音节仍旧有我不能省略的亲切,无法
　解释
却从未真切

不停的黑,不停的隧道,想见的真实无
　有持久——
突然劈头罩过来的
松涛以及榆杨

我悲壮地信任
苍黛外,你有我想象不了的梨黄漾荡,在
　　长满沟壑的峡谷
与风挟持的村庄

小镇

1
夜雨。路湿。清寂。
观光车上流动"让青春飘动你的长发"
女歌手声线撩开往事
寻找落脚岸,定位第三停车场
穿过马路对面的石拱桥
苍苔浅隐,秋千架在原处
客栈魏碑题名——柒年青年庭院
2
樱花小筑,她换掉那间"小时代"
推开木轩窗
河风夹杂芡实糕米的味道
莲叶四分焦黄,镂空的样子
不经意闪入吴冠中墨染

听经堂，石壁旁的紫藤落尽了芳华
苑池清透，锦鲤们衔草
吐泡泡

3
晨起，临河夜燃的红摇晃在水中
五福桥上，水杉枝顶鸣啭
平一下，仄一下
它们并不急于叙述倪宅的进进出出
和明清的沉积
单幅布卷搁置的刺绣，继续等待卷珠帘女子
半缱绻。静安详。

4
豆花婆婆做的豆花，简淡、柔白
是温软后的白梅
她说旧年灾异，四月初三庙会，说七老爷送
　皇粮的传奇
她作揖，祈拜，仿佛面前就站着那个不畏
　强权
而悲悯草根的神
巷弄行至蛮久，男人的烟卷味儿浮荡

墙内与墙外
5
折行烟雨长廊,乌木的味道停进永宁酒坊
烧香港摇橹大爷哼着嘉善田歌
西塘水忽然清了一片,倒影的柳抹出腊月
　　浅翠
踏过青石板
"老芒果漂邮寄"店铺内木格子,错落又齐整
背包客落座
投递的地址、姓名、日期
均,不详。

白小薇在西塘

1
落脚岸客栈二楼
木轩窗外,水纹晃了一下白小薇的眼睛
白小薇不看时间
白小薇使劲盯着水塘游水的大白鹅
扑腾的白羽,顶着红冠的傲娇
浣衣妇人的棒槌
并无惊动鹅的自在浮游
2
小茶盅,刚好够抿出晨光中的醒
教堂距离客栈不足百米
十字架下,肃穆的是江南巷弄的婉转与延伸
一个人背影斜斜地
拐进烟灰麻石

白小薇流连"花制作",一枝野菊静静地
卧向木质牌匾
白小薇也想原创一小格自己的
西塘

3
上西街108号,裸露的红砖仿佛旧年日记
临河的风掠过扉页
民国故事定了定,岸边柳扶疏倒映的
云朵,"往来人度水中天"
桥上的白小薇每念出一个名词
剧本就另起端由,那晚七禧客栈过道旁
捣捶、腌制红辣椒的女子
她不说话,黑黑的睫毛盖住烟雨长廊飘过来
　的凉

从你的全世界经过

1
阿黑巴适地卧在曦光里
一条长凳空着,像等着谁回来
旧式收音机曳出川腔,皮皮侧影勾画
悬垂的紫鸭趾草
逆光,很艺术,残破老楼仿佛她的情人
瞥一眼就忘不掉

2
每扇窗口都长棵黄桷树
石阶一级级回旋,梯度是月光折过的样子
老花镜下穿针引线
缓缓挑出凸凹,陈年浓烈不再呛人
仅于经纬间婉转,幽至
暗布

3
从你的全世界经过,"大轰炸"又一次惊醒
倒地身躯垫成"精神堡垒"的高度
昨天烙印书中存录,只要阳光与风
未消失,它们始终在
而白羽衔来橄榄枝,南山的绿
蓬勃海的波涛

青海湖

1
请原谅我把七月的你,喊作春
尘世雾霾和腌渍浸入骨
剔除与淡去已成奢望,随时泛滥病症
但请相信,喊你春时
我严肃而认真,一字一字念
且,不敢高声
2
这样,你懂得我的卑微与羞惭
慈悲我心,我发出的并不喧哗的响动
目光里的云,低了又低,触了又触
它们轻轻飞升,不远
请允许我此刻呆呆
数吃草的羊

3
安静席卷和覆盖
藏袍殷红,不屑一提的饮泣喑哑风中
冷下来,也沉下来
在藏年肃穆的喜庆中
酥油花一朵一朵庄严得好看
经过藏经楼的影,清晰而又生动
4
黑马河醒来,夜的篝火仿佛还在月亮湾
要看的蓝
人还没靠近,就长出玉石蓝莲
我张开眼,又赶紧合上
怕领航的大雁将这些蓝一片一片
衔走
5
而我终将坠毁这片真实的蓝
与海连着,我就是仓央嘉措放生的鱼
与天接着,我就是成吉思汗放飞的鹰
我是青海湖里睡着的——
一滴水

村庄

还有一段距离,从藩篱穿过时
她花腔"好山好水好地方"
我不敢惊动她的沉醉,激昂和民族式拥抱

云朵很白,天空蓝的无人相信
没有任何仪式。月牙儿悄悄潜入我视野

那座不大的村庄
应该与辋川近邻,辛夷坞、白石滩、木兰柴
"你还分裂你自己吗"

抬眼就是 ——"竹间烟起唤茶来"

深渡港

1
他说深渡,我想了一下
蛮久的一下
港口人多,阶梯上、巨石旁、流动摊点边
还有散立的老老少少
红衣男孩和青衣女孩,认真追玩气球
云低着,天空换上历史的表情
2
鸣笛、离港,游轮渡我
不久前这儿经历一场暴雨,混沌泛滥
透过窗舷
我看山,看水,看小船上的他们
他们猫腰、弓步、撒网
顿,提,收

我看见不停跳动的银白,像小闪
又像他逃不掉
无言闪过的眼神
3
我来迟了,银杏叶没有挂住露滴
我来早了,并未见它最美时分
但我仍然欢喜这恰恰的一刻
屋檐低矮,而它高出目光太多
雷电撕开枝干
却无法毁灭它不息的婆娑
纷披中,苍翠小叶片
是小姑娘,是妇人,也是沐浴风的老婆婆
仅刹那,我的心要多低有多低
4
离开
我的镜头开始空
刚刚还满满兴奋,现在全偃旗息鼓
被完全掏空
深渡港
它和我一样,找不回要确定的明晰和停留

任由模糊穿梭
5
深渡远了
我还在那里,还在水上
岸,横进我心里

乌镇来信

1
说安渡,一个坊
它们挂在长满深浅不同的烟灰墙上
或者那条街都是
与天空夹守,无便利与顺达
像尘世绝望的声嘶力竭
灯光里的橘红让人迷醉,也迅速枯萎成
门内虚掩的无
2
木心的"马车"
丢给四面八方涌来的找寻
民国旅馆前,绿邮筒发出暧昧邀请
所有复制与拷贝
休要参考卷宗中立正的黑

薄脆的易碎品,仅作为馆藏膜拜
留声机曳出《天涯歌女》,以及木心的废谷
适合月光里摩挲

3

"你们看画,我看你们的眼睛"①
飞谢的叶子
偶尔会是一枚滚落的红
擦过眉睫,那滴冰凉陡然灼热
哗啦啦大片雁声
留言黛瓦,留言老墙,留言一口深井

4

频发症候
染红的乌金一次次从巷口押长孤影
母亲方言上灯时飘来
疲倦窝进盛满水的夜色,被吞没的人
记忆回旋,呜咽
又凝成符码
递给俯下身体的星星

―――――

① 出自木心语,中国当代文学大师、画家。

5
写春眠不觉晓
再写白日依山尽
她什么也不写，盯着鸬鹚啄食云朵
无数省略号小石子一样匍匐水底
乌的、灰的、青的、红的
水流流过它们
没日没夜

经过九号高炉

1
每次都有个声音弱弱地冒出来
车身摇晃,它向前,再向前,连停顿的意思
　　也没有
我巴巴望着窗外,悬铃木在雨天优雅
而清亮
落叶微卷,并无悲伤
它坠地的姿态像是计划已久的远行
2
晨光中的汉子光臂膀、扑腾腾的水汽
浑身散发的火热和力量踩踏虚无,踩断邈远
　　的空蒙
草地上,婆婆丁开出明黄的一朵又接一朵
低矮,醒目

不能忽略的存在
和我抬眼瞥见的高炉一样
3
铁水四溅，照亮让静止羞愧
投以骨头里全部，思想里全部以及浮生的
　全部
誓言虚妄
沸腾的铁水以高亢的死亡的重生
铸成预设的坚不可摧
一个音符"钢""钢""钢"回荡在东方的
　小城
4
混沌中的轮廓越来越清晰
黑云母眼睛、黑松的发，灼灼与飘动镶嵌
　广袤蓝幕
不予悲伤，不予战栗和恐惧
出铁沟内流淌火红的废弃，它的最终冷却与
　走向
绝不应成为眺望的后缀

5
一颗火种点燃以后,无法不记住名词,记住
　更迭
更不能忘却匍匐在大地肺叶纵横的轨道
它们有的澄亮,有的长满苍绿
风一吹,发出呜咽
我不可能不停下脚步,看一看眼前
也望一望身后,遥眺着——
未来

飘

1
绿梅赶着雨水来,未及开
骨朵压住赭褐的枝条
吐幽,暗香
蕊在北风之后,等日子一点点搓响
清透的影线
或,其他。
2
年的兽瞪圆眼睛
桃符、窗花,楹联竞相上场
夹山关苍黄野石
大多杂树落尽叶子,偶尔几串伶仃果子挂着
极少有人知道那树开过一树紫花
浆果名——苦楝子

3
王阿婆五点起床,洗漱、煎中药
顺手把昨晚王老伯七两重叹息丢进柴火堆
文火熬汤汁,旺火炒菜肴
侄男侄女借初五财神爷围了一大桌
敬酒,祝词
王阿婆、王老伯两人都忘了诊断书上草黑:
王富贵,男,1946年生人,肺癌,中晚期
不宜手术

4
她又重读了一遍"松散如尘"四字
很不好,过大年时新喜庆
她却走进空了的野山,少年玩伴早离开这座
　　贫瘠的山
水泥厂坍成废墟
山坡上松柏像是醉老汉的胡须
虚设黛绿,旁枝葱茏而逸出
风,颠簸着

5
甩开坡度的弯,右边是水,左边立山

前方经小镇,穿过一个人血地,横渡乌江
　的水
她故意忽略低下去的河床与瘦下的江水
仅保留奔腾和微澜
和沉沙,和不能握住的空茫

秋雨中，一棵银杏微黄

雷声滚动，白马的鬃毛痛快地扫了一下枫杨
它们深纵裂，我是想说枫杨的枝干无半点怯

继续行走落雨的行途
水，积水
一湖动荡的水努力高出岸堤，却掩饰成绿笺

借风长出羽翅
我故意别转一个倾情逃离固有领域的
魂灵，俯下自己看向
一只蹦跶在湿滑路面的蟾蜍

它朝往草丛，朝往半山的爬坡
那儿，一棵银杏微黄

桂花

"怎么都没了,难道花儿都谢了"陶丁丁无限
 怅惘
"白昼啊,吵闹,全部远了。"男人赶路,并
 不看女人
雨山湖低下犄角,盛进飘过的风

"秋天是异样的"陶丁丁在寻找细节,寻找能
 够握住的米粒样的,星星串一样的
她要来自贴合秋月的气息,辨析孤独的另
 一层

木樨园神一般捉住她
湿漉漉空气中
它们一会儿浓一会儿淡,陶丁丁是其间的
一只豆娘

翠螺山上的秋光

她伸展手臂时,他的视线在江上
很远很长
陶丁丁依然伸展自己的手臂,以尽力打开要
　呼吸的每一部分
秋光正好,翠螺山上石头有月霜洗过的白

他喜欢纯粹,其实也不都是
苦树在山阴处婆娑
路过它,他俯下身体,对着纷披的、并不
　高大的枝叶低语
"哪里都能生长,即使谁也不在意"
陶丁丁目光停进灌木丛,她想起悬铃木、
　青桐的大叶片

跌落和宇际下的葳蕤，从来都有根系指向
一棵树
它扎根的理由，不很重要

南星路上

夏蝉穿透绿荫
它嘶鸣的样子要把暮色喊下山
以此遮蔽七月热浪,与可能的雷暴

但这都是臆想
我不过是走在茂密梧桐的南星路
清晰的实线,虚线,箭头
指引,无数考证、拿证的车主

东向缓缓爬坡
戴头盔的年轻人疾驰而前
他身后,柠檬黄上醒目的美团外卖
不断提示

旋转或固守,以及永无休止的改变
和适应
是佐证活着的呼吸
包括那些静止,与消逝,与死亡

浓绿间,中断的蝉鸣
忽然又兴奋

荷

他们说我无聊，说我虚空
说我是个拆解原子、核子的邪女子
我不开口，也没打算开口
我和白月光对坐

清晨去看荷，沿着绿进入那片
绕满荷香的水塘
还有飘过远眺的一河风

目光擦过苍翠山脊
好像我们初见，好像我从未知
濮塘是城中这么近的玉

采莲人划着小舟浅口进，又深处纵横

她自在隐,自在地合与开
采莲人漫不经意来到我身旁
"要吗?送给你。"

欣喜而又惶恐
白,白得雅致
粉,粉得娇媚
红,红得惊心动魄
恍恍惚惚,自己也在其中

昭关印象

历史的举证以队列架势
从楚地席卷而来
两只碗大的桃掳去三颗头颅
未瞑的眼睛还在怒睁

小岘山西持关口
茅草屋内碎裂的镜子惊蛰天穹
他解下素衣,幻变
画像图形的逼仄,扁鹊弟子助力

救世的银针狂挽危急

"芦中人"① 拔剑
他从无想到一个关于"赠"的符号
让"渔丈人"② 魂殇江水

而今，逐浪滚滚
城楼的阙口，谁窥更迭？谁又显影
尘埃？

---

① 出自《东周列国志》第七十二回："棠公尚捐躯奔父难 伍子胥微服过昭关"，芦中人指伍子胥。
② 渔丈人指渔翁。

存在

龙王古寺前虚掩的楹联
读来万法皆空
而飞燕草一枝一枝那么紫
优雅且迷人

僧衣客
背篓里的空瓶子
是岸上器物
谷雨之后,该生的生,该啼的啼

所有寂静
可能是一万只尺蠖的伪装

语言的隐身服

芒果欢乐城底层,泊车位已满
无法停靠的人再次驶向髯街夜市
灯光五颜六彩,也有纯色荧光白
装点城市墙体露出不容置疑的冷艳

手握方向盘,剧情可以回放
记住一,或者,衍生道和万物
路口,他察觉横穿马路的红衣女人像团火

车载音乐老狼的歌,他喜欢《驴得水》
主题曲
院子里大叶榉,清晰线条的美
她絮絮叨叨很多遍

零点时刻

她说天空醒着,而他和时间在一起

矿灯

矿灯亮起
煤灰一样的蝙蝠落进地核深处
和天堂秘密对峙

矿灯黑下
矿井长成地狱,罐笼是巫师的道具
他们练习蝙蝠的飞翔
撞击煤层的洞穴,他们也会像蝼蚁一样
手脚并用,爬到天亮的地方

如果只有黑和亮,只剩下暗与白
不,没有如果
他们坐在山顶眺望横陈的"林"
他们叫它快活林,那些灭了灯的女人区

低矮,孤魂一样地游
吸附磷火样的矿灯

直至矿灯一盏盏卸下
不再为了照黑,不再为了走路
不再为了人世交易

篾匠街

1
篾匠街没超过一百三十五米
她从来不数自己脚步
只低头看青条石、大麻石上暗蚁纹
找隐秘的白,隐秘的红
一种用来呼吸
一种用来和自己经络里的置换
2
李家那口老井和一棵老榆树,已经四百多年
每夜举头向东,最亮星星定定瞅她
有时候黑乎乎、湿漉漉、空蒙蒙
什么也没有
她习惯老李家借宿
李家,与她未见过的奶奶同宗

3
漂泊，停留
它们之间榫头总漏风，吱吱呀呀
也好，太阳底下矫正不了的
交给月娘娘调零
每调一次，她重新活过来一次
虫语、蛙鸣，近前一次

薰衣草

水里天空,眸中的影
它们叠印彼此

翻越一座山
不用担心走着走着,丢了北斗星

九月虫声像潮水,又像西塔琴的
歌,他说真好
她梦见一封封快件好像飞鱼

驾着云朵白,穿过南方小镇的紫
每只鳞片都夹藏薰衣草香
她喜欢的草味儿

望乡

1
草垛，篱笆墙下
要有月婆婆的颜色
你的笑挂在上面，我可以不错开眼睛
想一个夜晚

但这些，我绝不告诉你
只说霓虹灯半空闪，我叮嘱你明春扎只
　　蓝蜻蜓
它若飞不高，飞不远
半山坡长满蒺藜果
2
她说我清冷，他也说
走向你，我口袋里一兜糖果

糖，薄荷味
你常提醒我与某些物事要保持距离

有时，我偏不
你的目光要凿穿一片水域
村头，还有我喜欢经过的那块湿地
白鹭有没有练习羽翅
3
太白楼前，我模仿你的眼神
雨浸润小城，也浸润我
枇杷树也被浸润
势头纵横，每一叶脉络清晰得仿佛真理

那些青果果俏生生
站立枝头，替代我的眺望
五月，你要给我讯息
一年一度的龙舟，它们何时竞发

菜花，菜花

1
先是途中
荷塘边，刚抽满绿的大树旁
她做小鸟依人状
事实上率真，热切，不依不饶
像那年凌云塔上一声
尖叫
打破凡·高的颜料罐
惊讶多少，春就骄傲多少
2
迷踪水域里
种满月亮的眼神
夜，偷偷放下缆绳
拿烟斗的人发出一波一波讯号

他让梦,最终具体
3
又一次死亡与复活,她这样写下
荡秋千人儿百媚多娇
长焦、短焦、广角,怎么也捉不尽
她也想走过去
突然一只白鹭闯入金色
花海
4
第五章吗,她还来不及细琢
小木屋宛若G大调上
休止符
又如一粒铜豌豆,栖息《我的太阳》中
不能靠太近
否则吸食,或被消融
5
两鬓发白处
存在两个事物,蜘蛛或者露珠
也或许手植的向日葵
她忽然呆住

自己就是左边一棵

6

摇橹人从雾深的地方渐近

河道仍旧如常

那高出堤岸的整框、整框油画

用倒伏姿态根生于梦

收割她们

或者收割自己

等每一粒细胞瓷实

风带走的

仿佛已经全部结束,这个冬天尚未完整告白
池塘荷尽,二月的荸荠提前售罄
挎竹篮的女人,转角弯曲一个人的影子

篾匠街那个扎竹匾的大爷
不再门头安坐,一锅旱烟没有踪迹
替而代之的素衣人,我叫不出他的名姓

老井似乎又矮了半分,潮寒肆意钻进裤脚
和我躯壳内走漏的风声交响成颤音

我不能回头,我怕自己一回头
老屋锈蚀的铜锁就哼出
沧浪的歌

老米缸

剥落、裂缝，以及风擦过的痕
我喜欢让它们裸露自己
在阳光的院落，草垛旁，可能空过的村上

凋敝中，一点一点发酵日月
雨水前后，春萌动

无法阻断的回访和碰撞
烟熏过三百多张日历，一朵朵云
停留在农家老米缸

城郊之南

1
油彩,线条,对话,写意
她们安静地守候在城郊之南
火红,燃烧
一人一室一整天的寂寥
2
雪白雪白的墙上,装帧考究
快门定格间
右下角一枚纸签清晰标注
名称,作者,尺寸以及——商价
3
天鹅湖畔的高跟鞋,不懂
一双黑布鞋秘语
我也不懂

寂清中森林的纷乱
4
微微旧黄的宣纸，几笔泼墨
午后，无人惊扰
木质壁架上，古砚、橡笔、青瓷、挂盘
角落里斜插几轴山水
5
城郊之南，雪一朵一朵开
寻觅而来的脚步踩醒了空荡
一楼厅廊静好
《日出》，紫烟袅袅

童年印记

1.
风,一夜吹绿垄上
紫色豆荚花闪着瑰丽的光芒
货郎一声吆喝,惊醒水乡小城
深巷里,飘曳出串串幻想
灰色瓦楞间,鸟儿扑腾张开翅膀
2.
荷香,绕城三匝
一桶一桶鸡头米,牵住孩童的目光
知了树上竞唱,蝈蝈窗下捉迷藏
蚊子在竹凉席上轻舞
父亲的大蒲扇,陪伴好戏一场又一场
3.
一盏煤油灯,柔美着母亲的脸庞

密密的针脚,生长出明天的希望
小城中,读不完的小人书
吃不尽的棉花糖
街巷里,谁家唤儿的声音
一声短,一声长

生活之轻

明媚或者晦涩,感悟着蹉跎所有的经历。有之轻,亦有之重。能够拂过心坎的,也许正好是你,和我爱慕、滞留的场景。但一开口,又将必然虚空。

陌生人来信

时间的偷渡者,遗忘时间。

她是循着声音靠近的,笛音飘在湖面,但
  明显穿越地平线
穿过湖滨长廊,回旋着。细弱若而又清远
一个人按下自己的指肚,他封锁并弹开的
  孔口,双唇的气流——
她侧耳

"因为熟悉,而接近"
"因为接近,而要找寻更清晰的触及和揭示"
不能再继续自己无意识的行走(像告诫,也
  像阻止),这笛音里的远和分明的近。

女人的月亮

她把自己的悲伤撒进土里,锄头刨锄头撑
割净铲净没能抛掷的乱草样的疼痛
实在撑不住,号啕一场
让满地的玉米急慌慌地颤抖
结籽,结两千斤的籽粒喂鸡喂鸭喂鹅喂丑陋
　　不堪的豚摇晃着鸽进
烟火中没能化解的沉疴与苦难

但楝树多好呀,扎进土,依傍岩石。夹山关
　　的巨石漠漠地散着秋色的光
女人很老,悲伤也很老。而她下田的铁锹,
　　钉耙有吆喝的铁质
像她骨头里从未老去的悍劲
年轻时为嫁人掀翻大锅灶的辣糊汤

后来绷着脸答应媒婆搂住还在读书的弟弟

女人那么泼皮，那么悲伤，一旦下了她自己
　的田
莜麦菜，苞谷，一茬一茬的韭菜，菠菜
还有田边不远的香椿树，白杨
开紫花挂金果的楝树
抹一把汗，望望西天隐隐的月亮，她的脸颊
　仍开出野菊花

关于爱情

蓝莓颜色。蓝莓的夜晚,雨天的蓝莓。

雨水里住着不说话的人
是手足无措的悲伤?还是爱的背影都是寂静?
　或者丰满浇灌养育发芽的孤独

关上门。听雨,听雨水里吹响竖笛的人,
　啪嗒啪嗒走近又走远
他朝着他要的方向,东北或西南

雨水流入大地,抵达夜的海,蓝莓色的海
她爱的——
无涯,摇晃,静默的海。

而绝口不提其间的甜死,想死,快活
　死,痛死——
如水的死,与活。

愚人·复活

它们构成、联结,讽刺而又不羁。像四月
　　拷问,纪念中插上一枝白色海棠
蕊,金黄。花瓣,战栗的白
风吹向她,落了雨。
窗外湿润的蔓延,"幸福混沌地苏醒"

却不敢相认。山谷里马鞭草、迷迭香,相似
　　的花叶早已祸乱溪流的宁静
隐瞒的病症、发烧,潜伏的敌人。
白石上青苔有不可复述的纪事,活着的忧伤
全都喂养月霜
"越明透,越深刻"哲人并非将理论的悬崖呈
　　现读本,她喜欢独自埋入纸堆

秘密的炙热中,供氧城市各类深的、浅的
　影子
死亡、离别——
得以修改。夜的撒旦不再加害
她,做回彻底俗人。

吹魔笛的孩子

1
雪,是慢慢化开的,她并没留心凝固的白和
 它的羊脂
焦虑二月任何的漫散与透支的纵容
而疑问无法替代七音孔里的颤抖,红锈
与垂下的悲伤
孩子的悲伤,不能掩藏的悲伤
她的没能复述的悲与伤
2
田野的酢浆草抽长茎蔓,捉住蚂蚁迟钝、
 逃避和哭泣的孩子
现在无意练习多次大鹏的样子
横笛,或者竖笛
都无法精准白夜的千音唤

这颓唐多无奈，多么糟糕的蒲公英的迷茫
而他从不甘愿如此
池塘白鹅试唱它的《恋曲2020》
3
顺安。云朵的信笺划过一行小字
二月尾音低回，风信子的玉色，紫青，以及
　　杏桃红
隐身三月的途径
等候与守望具备相似属性
孩子世界的小，也是孩子眼眶中的大
而七音孔封不了的蓝蜻蜓
谁将预测，明天。

我在,你没来

也没有靠近,一株玻璃海棠有透明的美
四方街上邮苑清静
脚下石板也是。站在晨曦的孤单中我喜欢那
　些雨后
海棠。你没来,你一定不知道午后的人
她思念得多么混沌而无理
不会告诉你。她惧怕对峙的眼神捉弄每夜的
　惶恐和羞涩

而她还需浪迹很久的长天,看水杉坪那些雾
　锁的
红豆杉、冷杉,还有一棵挨一棵的松。
木栈道湿滑

行走艰难。她不能分心身外
太多诱惑的景致,白雾迷幻更多,小松鼠
　跳跃着隐入密林
她不敢贪心
她笨拙,只选了脚下一条道。

在别处

漂泊的歌喉与无以安居的流放,那些亲手
  盘弄出的
黑体方块,还不能确定牵念由此
逆流或溯洄。要不要
叩响一个人的窗
未予指认前,漂流的姿态仿佛丽江古城的
溪水环绕
他心目中的玉龙雪山,远——
但,一抬眼
圣水台已近前

却又不是。走着走着,黑龙潭的黑照下来
"睇到没,有飞机"小小的声音
顽皮。又夹杂几分独有的、隐约的,他的

绵延的
恋——
行走中的坚持和投递
常以此为法,一只斑斓蝴蝶晃晃悠悠扑进她
　的眼眶

蝶,翼凤蝶
她从不迷糊,只坚信一种。若远若近的飞翔
蹁跹。悠然。偶尔滞留
想着,走着,想着
黑龙潭的黑不那么黑了,溪流泛着星亮
哗哗,哗哗

省略了一个人的称谓

她也习惯，小名或者昵称，眼神读取黑龙潭
　　的表情时
以"你和我"唇语交接、换位、合应
不再涉及某个音节

拒绝以修辞抵达彼此
她要不经意的词语与随手画面和未予加工的
　　味道摩挲留白
修复、汇流，绵延集结两个人的宇宙
而全在无时序行进
夜赋予更多意外的可能，几株木槿开着沉默
　　的紫和白
玫红好看仍有剔除不了的孤寂
角落里的蕊低垂神思

她又战栗地冥想了一阵。忧郁和无由的敬畏
　留给巨大黑夜
她生产简单，也孕育复杂与悖论
矛盾的荒诞中剖解尘世和自己

忽略甚至放弃娇憨、妩媚与浓情蜜意中的
　甜点
决意个体的一往无前——
你。我。致意玉龙雪山繁茂的松树与杉树
独立，思索，依偎，生长，静默
指向雪山莲和苍穹的蓝

烟火气

1
叙述开始趋缓,附和八月倾斜的暮色
榔榆枝干通晓日头纹理
细小的眉眼
披散也遮蔽全部的沧桑和缄默的每一晚
他不远。紫锦草婆娑栅栏内的墙,斑驳空隙
　里暗养毛茸茸绿苔
看不清。就像模糊的许多个
影子
2
随着秋声近,似乎真切。可还是无由地忐忑
　和绝望
陈词缥缈,她复读过太多次白雾
无一不是浓密后

散淡，直至仿佛从来没有存在——
而噬啮是诚实的
渗流也是冷定趋近的
此后巨大空洞也是没法填补的
像荒原上惨烈嘶鸣却
只盘踞一个人的
领域。痛。

3
瞧，又小布尔乔亚。她念及自己的姑姑，
　羞惭
独自对峙苦难的留守"安娜"——
她抱她，抱她清晰突兀的骨头
温热。根根卓立。
她的亲姑姑。姑姑一把握住她的手
使劲笑，却不出声
眼睛只看她
她却只管抽离自己，发癫剥五香蛋，毫无
　矜持地吃
吃得毫无遮掩。

4

"活着打败所有",夜晚她写下箴言。红月亮
　　移至楼宇的东南
她调整角度,好几次以为红月亮
不见了,直到重新被红橘子
刷新初秋风的半伤
她暗暗喟叹——
之遇幸。之遇,并非爱玲烟火里的凉薄。
黑中,柳叶娘哼
八月的曲。

5

影子继续深浓。叠印。而变异。
剩余昏的黄,白的蓝,水洗的红
城市楼宇——
它们的眼瞳躲闪、藏匿,像那个远的人以
　　默然的空完成思考
与不能剪除的相思
几格杂陈的色彩缓释人间
征候。

都市夜归人

他说它们构成了他
胡同或者巷弄，也纵横身体里血管。霓虹
　升起，它们粗壮趵突
而正午遗留大面积静的恐慌此时加快病变的
　可能

城市环保车停进地下车库
更多物事驶入自己的根据地。人和影子不是
　若即若离，就是反目中
满足眼球，恍惚附和夜的课税以外的荒诞

在语言的独木桥上,他们遇见

1
终了与开始,它们积聚在湿漉漉的冬月
最后一天未及别离
未及清空,未来得及完成
接替的重新上路

不置可否,默迪的黑礼帽遗落于城市另一头,
　公交车牌号无人留心
而她,守望的经过者
2
各啬自己的语言。风吹过山巅的籽粒,像她
　无知张望这个世界
琥珀色夕光惠顾的树木,站成满腹心事的
伪哲人

"在日子的森林里穿梭"①，离开是为了更
　　清晰地接近
潮声颠覆自由的孤独
解构中厮杀，真相吞没默迪的悲伤
3
每个晨间复苏，在语言的独木桥上
身后大片翠青的薄荷
低矮，茂密，与她从未消逝过的、吐露过的
　　弹拨一样

花无序开，而凋零有序，默迪先生窥视着
尘和土。
南山的小野菊
朝阳也向阴的一丛丛发枝，抽叶

---

　　① 引自陆忆敏的《年终》。

春寂

湖水空明,隔着堤岸迎春的黄
林子脚边泥土并不松软
玉簪刚刚出壳,仿佛竹姑娘打开半扇窗户

绿帘子怯懦而又盈透好奇
我是经过的人,更为关切一片焦枯上的
鲜活,那个拼命哭泣的孩子
从未感激遮住视野的宠爱的手掌

除了关心泥土上的,我更关心叫天子的飞翔
它近似黄昏的羽色每每划过云空
让我逃不了梧桐开花的悲伤,它让春天迷惑
有了具体形状,而我是那个经过的人

自然指数

1
悬铃。一棵木生长任何地方
陶丁丁咬紧自己的唇,没让某个音节擅离而
　　乱跑
时间并不写下收据
2
暖风机呼呼叫着,白墙壁上孔洞张开半只
　　眼睛
陶丁丁记不清默迪先生的房号
那么多相似的格子间,每格都可能待一个人
像他,却又不是
3
福生大哥走过来,左手僵持
他唯一灵活的右手与面庞上极其生动的嘴巴

同时靠近陶丁丁，昨天福生找她写申请
今天，他说他吃饭的食堂卡没有挂绳
他需要一根
方便自理
4
深海的鱼，偷偷浮出水面
会不会和陶丁丁一样有此刻无法排遣的矫情
来段西皮花腔吧
她突然有此不搭调的想法
5
张火丁，还是那么认真
一做一念一表情都还那么精准
她背向众生时
为了《秋江》里的陈妙常再一次活回来
陶丁丁喜欢经过
旧年寺庙

吉他手

谁也没有质问,他举起手臂张开五指
让更多气流贯通肢体的
每一关节,打开
呼吸蓝下面所有生长和即将到来的泯灭
目光沉静
七月草漫过他离开家乡的脚踝

西天云彩任性,和夏小果读取他的颠簸一样
六分刁钻三分不屑,余一分在雁鸣的
啼啭里慢慢发酵

他谱曲、拨弦、引吭,又低下去
直至阒寂填补夜的空白
芦苇写进大地深处

雪夜

夏小果面前咖啡冒着热气
"绿野森林"乐吧人并不多,唱爵士乐的默迪先生仍旧
陶醉于他的 *Only You*

她嚼着世界和命运和你的木糖醇
未置可否,却反复回味雪窝里深一脚浅一脚的
跋涉
夏小果佩服自己没有摔倒,有很多次
她身体的重心早已偏移
很惊异,夏小果在摇晃中定住每一次摔倒的
极大可能

"我鄙视你以远离的方式报复我的存在"
他的声音不高，声线清晰。夏小果透过雪的
　枝条痴迷湖岸发光的屋子
隐约的红，隐约的明黄，隐约的
哥特式穹顶

默迪先生除了陶醉于他的 *Only You*
后来，他脱下他的黑礼帽
抛向半空划出优雅弧度，默迪先生深鞠一躬
再唱的，是 *Don't Know Why*。

和小说家们在一起

他酷酷地说,撕开它,用力撕开一些
阴暗的,丑陋的,那月亮背后的
部分,仍旧能坐一起
又丑到哪里去呢,人性骨子里的卑劣与脆弱
　谁都有

有人坏坏地笑
有人一仰脖,喝了定语"莲子"的酒
白小薇也在喝,很淑女
十二度,大麦芽发酵而成,琥珀色液体
清澈,不浓稠

徽派镂空窗外,穿霓裳的女子
低头抚筝

白小薇听出《渔舟唱晚》，清凌凌水
轻悠悠竹排

白茫茫水域，金色的夕光

拉二胡的男人

落点不知哪一处,镜片后面的眼睛
越过行来行往,在梅开白雪的十字街头听
　一个男人的二胡
《一剪梅》,扑簌簌"火爆销售"广告牌前

藏蓝色中世纪服饰速绘生活的缺口
弦音流苏,他脚边的纸盒每轻轻发出一次
　声响
男人停下内外弦间的一把弓
起身,鞠躬,再端坐街头老旧的行李箱上
眼神继续未明的下一点

我想听《紫竹调》《月夜》
男人说时间太长不记得谱,随口问要不要听

《赛马》
我合十，恭从，聆听
身旁搁浅的摩托车，驻足的路人越来越多
纸盒里叮当，有时轻有时重

藏青色男人送弓、拉弓、摁弦、揉弦、
　弓切弦
倾力前倾抖弓
生活的毛边在男人手上鼓捣出薄荷味儿
拉二胡的男人是巢区人，保丰庐剧团人员
他将曲目一支支赶往城市街头
《赛马》以后，男人又即兴拉了一曲《喜送
　公粮》

抽烟的女人

八月,墨菊正在饱满
她是野性的墨菊。
食指与中指夹住烟卷,仿佛丢不开二十二岁
无名指悬垂
她含住一截白,让微弱燃烧停留
砺山路白天看不见红
看不见吞吐间开合
像她退休以后领份薪水、打份工,伺候八十
　　岁的瘫痪老父亲
都不显眼。
采访她之前,我刚走出会议厅
"高空作业开行车,四五个小时没人说话的小
　　空间"
"不爱吃糖,嗑瓜子磕破了嘴皮"

"我那一帮子姐妹,没有人不会抽烟"
说完这些,她朝我递上一支
牡丹牌
那烟,我不会

亲爱的生活

多了年轮的无患子
那张坐下歇脚的木长椅
挂满紫藤的公园回廊,都飘浮着
另一个人的气息

现在,空荡荡地被风翻阅
一场暂别弄乱湖水
无法起飞的纸片写不清夜的晦暗

停电的屋内有人独自搭积木
白月光下坍塌,重来
角落里一只蟋蟀折断自己的触须,她记起
白天扶梯子的女人

满目尘埃中,女人紧张注视梯子上的男人
女人没有戴口罩,也没戴安全帽
男人夯击土墙的碎砖块四溅
不停飞落于地面

她觉得,爱丽丝·门罗的小说
应该从这里开始

一个男人的肖像

1
打开书,翻到第一百四十九页
他复读那几行字:
用力的词砸过来,沉水的人往下又掉一层
陶丁丁认真握住刻刀,手里的爱斯梅拉达
　　裙角向上提了提
月色白一下,陶丁丁几绺发有青玉的光
2
剧情被赶来的秋声打乱,他不能露出破绽
必须懂得稳住。一成不变和一念之间出入的
　　不止三个字
他喝酒练毛笔字刷墙
在西大街东岗村北城来回穿
每听磨剪子抢菜刀的吆喝,他觉得自己活得

太久

3

世界那么大,闭上眼

陶丁丁的刻刀不长,却很锋利,她的目光

他没能看见

泥质裙边旋得很好看,祖母说她年轻时

就爱灰色长裙,曳地的那种

祖母和陶丁丁没有半点关系,他现在迫切
渴望

她们都在眼前

4

酒不是个好东西,他对着白炽灯

翻转、把玩白瓷杯。杯子不深,腰身收得
漂亮

"下雨了,草坪上的音乐会,如期吗?"

他的脑海闪出白天南湖宾馆前一幅巨型广告

走进卧室,男人准备听那首 *Flying Heart*

他又看了一眼窗外

"雨真的太大了"

虚拟

山楂树下待会儿,这是存在的虚构
九月情节翻转了好几个回合
夏小果掩上门
院子里松果坠落不止一颗,当然夏小果无法
　留心它们

关于"自由",昨夜探讨很久
它闪烁蛊惑、鼓动、鼓励的瓷性光芒
夏小果藏匿那些光的感受,她不和他争辩
　徒劳
犹如持守一棵树的纷披

她和他经常走过的东安路小区,野杨梅婆娑
　满树

长尾巴喜鹊穿来穿去
地上斑鸠旁若无人地啄食
一地红果子

制陶

区分遗漏、遗失和遗忘已经不重要。

这也不是孤岛,但四周有水
她走过浮桥
她在水上的小房子
推门进来前,她看中石头墙和"陶坊"二字

木然与柔软,粗糙与细腻,混沌与清醒
它们寄居宿她的体内
夏小果被分裂,被无形之风一次次葬进深渊
她意外活着的意外

她双手插进泥土,体验泥巴团变异
揉搓、抽拉、缓慢旋转

夏小果不关心机器，她在意掌中的毁灭与
　新生
以及经历火以后的那件成品
它的命运

野孩子

她还是调整了自己的速度,搁下手中忙碌的
　　事情
做回野孩子,追逐变幻的云朵

那些被流水冲刷过的石头,圆润而光洁
她赤脚在老家的滩涂上奔跑
并不避开时时令自己钝痛的坚硬,夏小果的
每一处器官都精准地活着

九月周末的下午,夏小果杜撰秋天
一个女人除了谛听内心的唇语,拂去泡沫,
　　应该建构
能撒野的天空

秋分

1
落雨。落叶。落风。
她低低一句:枯萎的眼睛
他盯住夏小果看了足足三秒,什么也没有说
他并不急于说服她
美人蕉的明黄色,现在淡去
修长的芭蕉叶缀满晶莹
2
落木。落烟。落水。
弹古筝的女孩摁下第五弦,她如瀑的发,
　微倾的姿态
刚好侧成湖的一只天鹅
夏小果经过音教室,忽然记起那本《月亮与
　六便士》

塔希提岛和苍宇多么近
她想跳段草裙舞，秋天的草裙舞
3
落霞并未与孤鹜齐飞。
天空倾斜着，他还在路途中
左或者右，总也错不开雏菊的影子
缭乱、缄默而又倔强
九月霜露洇湿了一根分界线，他的，也是
　她的
夏小果望着镜子里的眼睛
黑白分明

默片

太热，白小薇还没进影院
她犹疑夏天除了棒棒冰，最好的该是什么
旧时光联动，打开记忆闸
除此外，隔八千里路云和月听风由远及近
会不会一场事故

浪漫属于影片、胶片，也许默片
雨停了，鸟鸣、蝉鸣变得很脆
絮絮叨叨的人
七零八落地说，乱蓬蓬地写

白小薇在故事圈外
慢吞吞走，慢吞吞想，慢吞吞吮吸一口
快要弄湿花裙子的棒棒冰

七月,葡萄架下秋千
不续绿肥红瘦,不续你侬他亦侬

白小薇,推开影院门

安好

妹妹来信啦,隔壁武妈妈扯开粗哑的嗓门
白小薇紧紧咬住双唇
捺下喉腔滚动,白小薇的苍白
夏日,泛起好看的红

白小薇暗地轻喊:原谅我四月午后
从你的视线逃开
原谅我,不想沉重童话王国的
善良和雀跃

白小薇再次紧紧咬住双唇
举头仰望悬铃木上的青果果
白小薇整理好自己
白小薇含笑接过武妈妈递过来的蓝色信笺

白小薇伏案疾书

卡洛斯指挥的贝多芬《第五交响曲》,不那么
  激烈了。

我依然爱听。卡洛儿妹妹,我很好

秋天,等到秋天漫山红果果,我们相见。

把控

水流无声的
如果安静。如果能找回自己。
再远,你还是你

夏日午后,光柔软下来
错觉。白小薇趿拉着人字拖走过十字街口
刚刚装修的八佰伴,透露七月的小清新

青花蓝,紫玉
白小薇仰望墙体镶嵌的每一小块材质
反射的光,像故人浅笑

白小薇咧咧嘴巴,对着街边玻璃做鬼脸
透明的表情。透明女人晃荡在尘世的夏天

七月的荞麦茶

白小薇又犯迷糊了
症状反复,不可原谅的错误。
奶奶迈着小碎步,从里屋到厨房再到里屋
奶奶知道白小薇最爱荞麦茶

白小薇在湖边,白小薇坐上高铁
白小薇一个人晃荡在戈壁滩
白小薇双手紧紧拽住骆驼背上的铁环
任由"咯铃,咯铃"
穿透空旷而又寂寥的血色黄昏

天空黑下来
白小薇累极了,唇角干裂出蚁痕
白小薇顾不上喝水

白小薇倒进沙漠之洲
白小薇越来越薄,白小薇终于不见了

七月的荞麦茶,能有一碗饮不尽的。
里屋的门,虚掩

清明，蚕豆花开得好旺

题记：献给我的姑母。

并非咳嗽，天也很蓝
但我的嗓子还是情不自禁呛了
经过苏李村，透过那列白杨
隐现绿色穹隆
我与您，就近了

途中几个岔道
许多时间，我丢了自己
找不到出口，找不到下一站的路
但庆幸，每年这个清透日子
我始终记得您那儿

向阳山坡，松柏比去年又绿了一层
油菜花泼辣得生辉人间
阿訇说，多沉思
而不是放声与鞭炮握手

野豌豆长得疏密有致
它们不像野生的，倒像特意与这片黄土做伴
敬上菊，我低下的身体
就和您又亲了一次

来的路上
蚕豆花开得好旺
星星紫紫，风一吹，它们就笑出
同您一样的味道

蜂鸟，体内的海

它那么小，身体里海水却总爱咆哮
它伤害不了任何人
能够把握和笃定的，一遍遍与自己为敌

偶尔，它也乖巧
撕开不堪的纸枷锁，练习飞翔
疲倦了，就拼命吮吸母体
那朵从不萎缩花蕊的蜜

阿拉斯加海岸，每年清明有羽翅急速
扇动，而它不动声色
像进行喊魂的仪式，又像是
再次放任体内海水怒吼

高铁

1
答应过爷爷,做一个安静的人
永无相交的平行线上
闪转腾挪是他们的
我坐自己座位,风驰电掣与光闪雷鸣
都在车厢外
2
豢养规矩、润透、通达
我有我的目的地,一个注视前方的人
某些翻江倒海又算什么呢
"G"字打头单音节
我握住的,是自己的那张行途票根
3
白天也会黑夜

穿山感觉像爷爷说的死过一回
其实还好,我耳边一直有轰隆隆声音
爷爷的烟水袋
当年是不是常常发出类似响动
4
这样真好,无须明晓太多细节
隔绝的空间
谛听自己全部存在
速度的铁壳托运不了开始,更无法终结一个
　人的
去,往,与留
5
设计完整的线路,无能设计我的完整行路
抵达,并非速度与票根上的呈现
车厢内那么多人
车厢外风景,后退着切换

燕子,隐身的人

窗内、窗外
屋前、屋后
穿花剪水的精灵
一缕缕柳丝缚不住小女儿情态

请原谅,承恩寺擒不住铜绿的发酵
泛滥低鸣在天井盘旋
雕花红木中恍惚夜的兽爪越过明城墙垛口

月下舞蹈赦无罪
小心镜子里的晃动,旧年隐身人
巷弄再深,需记得
你要一口报出流浪的小名

乌鸦,不朽的卡西姆多

它蹲在十字架上①,像掌管人间的祭祀官
又像尘世不朽的卡西姆多
没人喜欢知道这些,看见这些
它黑得过于通透,叫人不由自主保持
尊贵与圣洁,保持距离的距离
它叫得过于纯粹,叫人不由自主清醒
衰败和死亡,保持距离的距离
它飞得过于突然,叫人不由自主惝惶
一去不复返,保持距离的距离
也有特别爱它的,比如那个大清的人
比如大汉之外的人,比如一无所有的人
比如,那个卑微、孤独而对万物敬畏的人

---

① 出自莫言散文《会唱歌的墙》。

病了

楔子嵌进树体
每拔一次，老树就晃一下
像打工的儿子又通了一回电话

他说楼很高，占地广，挪走很多棵树
也不知能不能再活
来了一大帮要钱的人，没听清缘由
突然"嘟嘟嘟"掉线
"工地"两字的尾音拖得好长

父亲捧着老人机，半晌没再吭声
隔壁王老头爱听天气预报
她女儿那里的，他一天都不漏

南方近日受台风影响,暴雨橙色预警
王老头这两天没再串门
也好,父亲心口疼

一只鱼的死亡

下网,收,打量
他们摁下一只鱼的挣扎。打鳞、剖肚、抠鳃
用刀锋剔净残余鳞片,清除内外杂零

姜片、小葱、盐粒、料酒
一只鱼生前从不知道,和它走向终局的
是未曾主导的各式配料

如果鱼写遗嘱
它也许应该这样呈上墓志铭:瞑目。

四月的鱼苗,一大群一大群由西向东
扳罾人悠闲地吸着他的烟锅袋

画

一座活火山,被你晾晒成
向阳的冢
"陷下又隆起",最终保持内置的
发酵
历久弥深,凝成一幅画
直到天空倾斜
你,从那里走出来

秋天的童话

1
日子陈旧,学会一点点磨成瓷器
蓝,浸入海声部
单曲循环,每只音符都充满诱惑与毁灭的
可能,季节因子数不清鞭痕
隔岸恰恰,狂舞一秋
2
水在夜中央,我在水中央
那只训练有素的海豚爱练歌,唱到最后华彩
总叫人疑惑 101 大楼落下
一大块彩钢瓦
夜黑阒寂,我紧闭双唇,压制左腔轰鸣
3
今日小寒,症状不宜拖延

母亲电话又响起,嘱我下午甘草、黄芪、
　麦冬
暮晚熟地、茯苓、当归
我乖巧地嗯嗯,九点阳光优良
你快递来的唱片
跳着土豆色

万物生

写下它,我也好奇
要水里红的跃动,还是要红的跃动的鱼
或两样都不,仅因每一瓣鳞片
泛滥酡红的红

《红》《虹》,阅读和遗忘交相
黑着飘
为了不如此,我每天反复握笔,练笔
运笔,每练习一次
黑,就红一下,又白一下

再后来,它们互相迷恋
生下太阳、月亮

铁匠的目光

捂了一夜的判词,在那只红狐到来之前
用秋水认真搓洗三遍
将火种的火埋伏冰瓷内

如果红狐不老实,就让锋利的瓷片
划开她眸子里的玫瑰
长长的火钳摄取一星妖,三钱媚,五钱
惴惴不安的渴望

统统丢进熔炉,冶炼一周七个昼夜
再放入盛满老旧雪水的器皿
狠狠淬几次火

假如,老猎人来寻找他

心爱的红狐
请指给他眺望,一缕炊烟挟裹山岚的
降落

卡布奇诺小镇

他们的雪草屋
我在金色下午走过金色梧桐
让我有了金色的冲动

能否拥满凡·高的向日葵
我不要那么细密的,半只括号样的
涡流,仿佛火舌的吞噬

要恰恰好的一杯卡布奇诺
这样,我走动的时候
不至于被修士神情吓倒,还能偶尔
舔下蜜甜的奶酪

那些泛滥的臆想泡沫若再次漫溻

我就安静打开你邮来的
五彩棉花籽
我们的小镇,我刚刚想好一个名字

亲爱,我要种下那些
棉花籽

一棵开花的树

沿着一棵树的长势涂写,暗揣几分娇媚
却总被人海中的你坏坏地
察觉,然后故意无动于衷吟上一句
"一行白鹭上青天"

其实这样也对,我喜欢仰望碧空
《奥义书》曾经说过:
"人死后,言语回归火,眼睛回归太阳
思想回归月亮,气息回归风"……

而我现在健康呼吸着
自由书写,与你说话,能够看见你
思想着一个人和一个人的交集
气息如此自然,我多么幸运

所以,我要偷偷告诉你
一棵树晕染了丁香的滋味
并且,今夏紫苏的紫正凝为初秋的一枚
相思扣

下午茶

球拍很久没摸了
只是初伏下午闷得厉害
西风躲进山洞中,仿佛酝酿一场雨
又仿佛要送来我不想拆开的信封

你不在,其实和在也没有太多区别
红房子矗立我们疯过的旷野
看一眼,隐疾一回
转过五里巷弄,如血残阳低垂头颅

恍惚的城池
被一只白色小球,虚空击打

雨后

那年我经过紫苏
你似乎在想一场雨中心事
刚下火车,还未洗去疲惫和尘土
我来不及打开封面
只想轻轻擦去那些湿痕

文字排列久了,总希望结局一再
逆转,或者重设
雨后天空那么辽阔,出彩的
不仅仅是眼睛
还有一个人的流浪

打雷了

失去头马的野马,从峻岭撤退
仿佛腾格里丢了一枚炮弹在身后引爆

我是那个不幸遇见的人
从前猎手教会的逃生,我不曾放在心上

密林里松涛盖不过黑鸦集体尖厉的亢奋
它们要啄食战利品,又仿佛要被外来入侵和
　肆虐

一段压抑、憋闷而又让人跃跃翘盼的时刻
"选择死亡的报复,还是毁灭的痛快"

黑暗中,我寄身的茅草屋发出呜咽

哦,昨夜的燃烧,昨夜的相对

终将,响出一道刺眼的白

错过

你喊丫头,我手里拿着棉花糖
你唤女子,我轻轻擦拭青花瓷
你说妖妖,花开了一树一树

现在,一只老猫拖着狐尾蹑足而过
瘦长影子斜斜打在地上
墙角蜘蛛,紧紧抱住自己的被子

一枚老月亮,红红的眼睛

致青春

1
灰烬里扑腾出枯叶蝶
我说躲开,其实想看得更真切
落雨了,枝头上晶晶亮亮
有风,山里的风总是说来就来
说走就走
2
请允许我脆弱一会儿
海贝壳待在沙滩
我想和它一起听听月亮说话
海潮没我们贪婪
累了,就一次次退回去
3
我在黑白琴键上跌宕

舒缓,急促;轻灵,深远;明澈,沉重
清晰滞留盘旋于半空
云,很淡很轻
一方老墙,爬满绿

4
吉他喑哑,标记原地
一只蟑螂泄露尘埃里的秘密
汀溪兰香中袅绕前事
一摞寂寂脆黄
缄默中忽略疼痛起因

5
你说祭
我想说成长,风景以及行走
或者,并不确切
那么多彩都从三原色腹内出逃
但截不断,源

时间之布

　　Ta在时间的反面,或站在神性的对立面。人世苍悲,Ta是一条江的首尾,为你保留了流水的诗性和夹岸的烟岚,并使自己安静如禅,且努力自洽。

霜夜

故乡的腹语雪意寂清。落户的草,叶子,
  栾树,溪流
四蹄的水牛,它们全部低下晃动部分

圈栏中伏进自己身体里的鹅,倦了的山羊。
  藏起的颈项,脑袋和眼睛
停止的咀嚼与走动
覆盖住的,是降临中即将融化或渗透的爱的
  体温——

洁净的凉,无语的恒思
像她走向一场祈祷的肃穆,但归于答案的
  消逝

而夜多么骄傲的伟大。谁都无意于辨识此后
　接踵的
是拒绝侵蚀，或者吮吸般的生长。

钉子

病了的骨头,撑住自己
并未能深刻画幅和悬挂生活的重物,又不甘
　于闲置或轻描淡写

是骨头的样子。钉进雪白墙壁
它的锈蚀隐蔽全部症候
惜语。经过而注意到它的顽固——
病了的骨头是块嵌入身体的骨头,长进身体
　的骨头,拔不出一部分自己的骨头
有了地址的骨头

她有时是骨头,有时是钉子
有时是骨头里的钉子
被宝贝也被嫌弃。活生生的她,有时宝贝自

己,有时诅咒自己的罪恶
而拒绝活成敌人的隐喻

她要活成骨头的样子,而非病了的骨头,锈
 蚀的骨头
不可抽离,成为星空的楔子。

时间速写

一个命题。真或伪，交付月亮的瘦与肥
她醒着，巨大而无影的洪流中沉陷
八月槭树高在青色里
江水宽大（心思也有小坏），漫过江岸和尘世
　的白杨
杨树林的水流浑浊，却清透着写下散落的光
最近的，她的脚踝痒。

走进江水的浊与清——
背转的影子不甘静谧，弯腰掬起流动的清凉
那迎面泼洒的人像是我的你
我们互戏，水，时间。

八月的画幅悬挂夜的郊外，一地的槭树
都金了。江水在流

答案

突然的忧伤。证词掐头剪尾，江心岛孤鹜
　飞起又降落
八月潮仍未调转
圩区里的人早已波澜不惊，他们摞开盆地上
　残留
去往芦庄（你可以想着芦花妹妹）

也许的开始，也许的继续
走时间的路，关闭凡·高受伤的耳朵，隐藏
　博尔赫斯落日的眼睛。

夜歌

雪,落了一宿
她在透彻的白里深埋,而活着

蔷薇花开。那么多细密的刺
她往深里又顿了一下

甜蜜地死,而又生生活着。

夜的七月

她说出房间,而撇开海上的天鹅湾、水立方
　和探秘馆
后来巨大的寂静淹没七月
夜的水面并不湍急,只是一涨再涨

抱紧自己的人裹成刺猬
那些尖锐的方向没人注意已调转脑袋。之前
　的汪洋上

一只铁锈红的皮筏子,隐约浮沉。

青橄榄

雨了很久。梅雨,暴雨,细雨
以及滴答的
但一棵树的腰身一直很完整,枝叶又浓密了
那些柳眉的橄榄叶

小街很长。巷口,他朝向那个往来的巷口
椅子固定地撇开一点喧腾
是他的椅子。固定时间,他固定地有一点心
　慌慌
安坐和朝向使他慢慢静下

街灯很深的时候,人声也深。深的碰撞,深
　的静,深的孤独
他是他们中的,许多时候

而他每天经过的一棵橄榄树,如常花开,
　　叶子落地又发新叶
现在,果子青青的
他有时候看青果好多下
不知不觉的弧度。风吹过来很轻

十七岁

他推开她。一只竹排往江中斜去,留下的
  一只,江水浑浊着土黄

她的颜色,十七岁。"泪水越多江流越宽,
  河床低下是后来的事"
祖母耄耋,有好看的菊花纹,有好闻的松杉
  味道

她喜欢夏日午后长长的光
鸭梨黄明透地照过来,她一动不动。

水在时间之下

1
廊檐下风铃在风中。她立住自己,捧起细微
　的轻叩
山谷,小镇,古城,一座两座更多舫了的
　城池
也在风中。谛听近的、远的
怀抱细弱和深重连同掌心里的,投递并
慢慢消融运送的途径
婆婆纳,黄地丁,酢浆草,它们一路
疯长。
2
而"爱和诗意是轻的"。苏递来唱词
她认领一份尚未表述完整的悲伤。并为白色
　的,玫粉的,酡红的桃花不遮不拦而羞惭

目睹小区男人的不耐烦和暴跳

凌晨她记住小引文字中余则成的闷声语录——

活着,不需要理论。

她哑然

3

守着,或者未守。说,或者不说

"跳动的,引渡"——

天空沉沉,三月柳伸指苍茫。倒影继往水底贴了又贴

浮游的波纹,她的目光折断后

接续。紫荆从灰褐老树干内挤出粒粒血籽

密密紧挨

4

无法遏止的生命。绿野地闪出促狭的黑

茂长叶片挟裹它们的灵杰,透亮,和乌溜溜的惹

方方的原玉,色彩把阴郁切割成碎块

她不。

浓烈地扑面而来,再也不能匿藏掏空以后

甘草混合苦艾的充填
油菜花死了命地喧。它多么诚实
再也不会瞒报惊蛰之后
5
春夜寂冷。黑水塘裸露石头，布满绿苔的
　石头
叶子，乌色还没腐烂变形的叶子
无有玛丽·奥利弗描摹的火光
雨。她固执地拨弄它们
一只银色的 pilot，她用了五年，笔锋始终
　清晰得很
她用它写信
某在有太阳的泥巴路上读。她在临近黄昏的
　午后倾听女人讲述橡树林，小镇，石头城
那夜，她大叫了一声
满脸潮湿
6
梦。灰色的
夜的校场完整受孕，雪月亮和隐约的诗行
她揿下那些飘忽

切近田埂上的一浅一深"别担心,我能搞得
　　定",樱花林中的白和李花的白
花了她的水潭。她摁止要涌出的声响
双手合十
7
逆光。在午后的樟树下
烟青色石头,小径青条石或者大麻石——
童年的等并无太多改变
奢望,奢侈。一个人很任性
她坐进光里想会儿金,想会儿黑蓝
热爱狄金森,热爱思想者于人间天堂的播种,
　　也热爱温黄气息里孤独的旋涡回流
她丢开练习
香樟下,专注鸲鹆的踱步,啄食,振翅,
　　降落
以及林间藏身。
8
3月21日,世界诗歌日。夜的雷声中,她抄
　　录"不是玫瑰,如花盛开"
紫色摇荡隔着海,她的薰衣草等在六月山谷

穿越。翼，乌黑的翼
门环翕动的铃音，许多叶片从那棵樱桃树上
　蓬勃
盯过好几下
滞留自己面对仲春的樱桃树
破土规划泊车位的建设中它经历过死亡的
　暴动
一对老夫妻挖开泥土
樱桃树根扎进，活下来
活着，生长。

9
"一直在你身旁"，誓言或者天空的注目。
交给它，交给土地的贫瘠和肥沃
阻挡，设计，不可预估的爱以及痛苦，而又
　欲罢不能
像啼血的杜鹃
"漫山遍野的烂漫"，他语调里所有未经意的
　想往
搅动时间水泊

10
或者止。或者不休不解
吞没,憋屈,灌溉,身体的鱼鳍也许交给
  犹大
或者耶稣
"爱得深切,无有任何雷同"
"浮士德也没能赦免与魔鬼的契约"
"要不活着的万劫不复,要不一根朽木的废弃
  和遗忘"
三月的雨水
一万亩麦苗低低张着嘴巴

夕阳外

瞬间,就瞬间的黯淡与折叠
她预谋的原片已缓慢接近
紧张,恐惧,窃喜,忧郁,淋漓,荆棘丛林
　里的醉生
无梦死,绝不
她要酡红的汁液和毒
她清晰每一根骨质饱满的期许

搅拌。分离。汇拢。复活的另一个生的自己
然后巨大的吞噬与埋葬
腐蚀一样的交融
寂静。战争以后完整的寂静
原谅她私藏凡·高的耳朵,和湖水恋爱的
　眼神

牧笛丢了，悬满迎春的山谷
水牛踱进苍野，她在樱花打苞的烟灰色中
泪流不止。
西边的血色，写入一个人身体

失眠的弗洛伊德

了解他,就了解一枚老月亮和红河谷之间的
　私情
而不必惶恐十字架下的绳索、匕首、灰烬
和最后的晚餐

牛羊迈着蹄印,每一只深陷的掌窝都渗透
　泥沼的喘息与挣脱
但它们眼神无辜并且干净
慢吞吞咀嚼的草青仍旧三月味道漫溢
小寒的时空

落叶醒着的。即便蜷缩和一遍又一遍地谢
但沉默但痛恨但沉默地痛恨
与毁灭较劲

与死亡对峙气绝的舞蹈

而她醒着的影子——
"含混,不见踪迹,语无伦次,纠缠的轰鸣声
　　中咧开紫罗兰的芳华"
"梦在梦之上"
后来的后来,森林里响起淙淙
却并非一头黑麋鹿所
渴饮的雪水。

致——

致你。从低处开始，扶芳藤并不依附什么
当老墙泛着旧世纪憨实
风霜无语，每一块砖色都吸进草木的喜悲却
　　镇定
却自若城池地稳固与庄重

而魅惑是可能的，正如他所遥眺的崭新和我
　　的期待
必须致自己。走过的每一步都不曾敷衍
和潦草
十二月茶花多么低矮，即便长成灌木的样子
也侧身主干道一隅
像我，像我们诚实的目光无从侵占人世的
　　阔达与缤纷

安于小小确幸。安于鲜活
安于河流的奔腾与深默——
溯洄的鱼群,找寻自己的生养地,安放生命
　　的延续和希冀
而你,我,我们
思想的鱼群无论追索哪一道星光

低下来,迎着
慢慢走。

解构

1

"钻心痛,弄伤自己右胳膊肘。这样就可以远
　些"
她开具处方单
廉价而又深重的事情适合自己战斗自己
她对镜子龇出八颗牙——
白。整齐
它们齐刷刷瞪视近秋的
仓皇。大面积惆怅
但唇角隐匿几丝青果的弧度

2
忍不住,她又去了邻家后院
主人不在。

"尽兴玩儿,时间都是你自己的"她并不细想
　　谁的画外音
任性闲荡繁密地盛开——
白紫薇、白鹤芋、白玉簪,太多的白刺痛
　　一个人的
虚伪。与虚空。
她决定不和自己过不去

3
后来的时光缓慢,或者静止。山在山的那边
水流。湖滩寂寥的草绿轻挽赫氏水流
向夕阳沦陷处漫溯
麦垛儿青黄,它们倾斜成八月处暑的微凉
收割或者不收割,全都懒洋洋的
似听,又非听——
一场秋雨和虫呢的集体
叛逃。

五月十三日

1
倒地的悬铃木。锯割的无序枝丫，连同那些
　　刚刚成型的青果
环卫工面无表情走过来
她不是。她经过时身体的某一处紧缩了一下
仅仅一下。夏小果必须赶往
下一站。抵达目的地
11号线转1号线，北站出口
189路公交，坐两站
地走二百一十米，夏小果在脑海复述
指向的途径
2
阶梯。扶手。通道。人流。指示牌。地标。
　　色环。

转向箭头。

他们和她们和她一定不同

但必定有——

同。夏小果不关心异同

"一滴雨水也有历史"①,每天的重复与重复

　　的匆匆,异数之外的常情中

人能否深刻而又哲性并检视进而讨伐

黑夜给予光明的可能

3

复兴路上潮涌不宜大

内敛的表情再次肯定从容,像一个诗人偏爱

　　"一只蝉,一座城,一尊佛,一颗心"②

日历的一页翻过。记忆的累积或清零

谁也无法显微流经的流经

前方,后方

那么远,那么空

----

① 村上春树语。
② 诗人孙思的诗题。

午夜的华尔兹

虚设幸福,"影子哺乳影子,沼泽在生长"①
硕大的黑胶碟响着巴赫的音律

他耽搁途中,爬山虎又往墙上红了两分
赋格独自循环午夜的黑
吞咽内心的问询

让沉默开一朵睡莲,安放信任的笨拙

巧合并非分崩离析,眼睛蒙蔽眼睛
谁去拯救泥淖中的粗喘
月下银霜,狐步满地的梧桐叶

---

① 出自特朗斯特罗姆的《林间空地》

垂钓时间的曲线

1
残篇。雪下了一半,动车夜行
萤火的光隔着玻璃摇晃
鼾声左边,"庙宇陈旧,它还在老地方"
雪,小雪明天。
2
微寒。黄昏盛进她的酒杯,一半的浅
认真很可怕
溪流,古树,老房子,跛腿的小花,墙角的
　黑蜘蛛
它们模糊又清晰
3
死寂。纸张酥黄,有一半碎裂的可能
其实也不

经过的阿罗汉草

长出木质韧性，静静垂钓时间的曲线，虚设
　　的乾坤圈了又圈

4

咀嚼。悬浮滋味，青山一半写入叙事的
　　后半部

楼阁前眺望，浊水淌过槐荫树下石几

喝茶人没懂漫游者的陶笛，匆匆抽走日子的
　　榫头与馈赠

枯叶蝶歇息荆棘丛

5

锈迹。难以辨听的潮汐，一半塌陷

她提拉自己的绣花裙边赤脚踏浪而来，"小小
　　的一片云"

移动月色置换的道具

一个异乡人，继续追逐平仄里的标高

6

矗立。融化一半的词性

"先把它标进地图，再把它标进身体，事件就

有了明亮的部分"①
行色中不再凄厉与惶恐,也不再
绝望留白
7
小雪。递过来的苹果很红,玫瑰很红,忧伤
　藏了一半
"黎明前,白鸟的翅收起乱羽"
谁的深疮长出薄荷的青
根植像黄鹂的曲。镜中又添发的
　白,信笺——
未寄。

---

① 出自诗人高春林的《安良这个镇或词》。

秋天的飞翔术

好像看见他了,划动身体的鳍
花海唇语:"生和死卑微
哭,是母亲唯一的疼。众生却欢呼
那个落地而发声的,无所知"
秋天清冽着魅惑浮游
叶子很姿态,有人悲伤
有人举头遥眺

纷繁。他屏蔽尘世喧哗,继续深潜
一个人的海,他的海
属性:青蓝。地界:无忌。可能的目标:低
 下来的天空中,练习鱼的飞翔术。
海流子沉默——
秋色打捞眼瞳里的欲望,扶摇枝梢,但更多

他以腐烂和毁灭
筛选

活下去。孕生的籽粒
填埋和窖藏
以及鸟的喙鹆取浆果的壳,风吹

风的缘故

1
奔跑的意念,还是奔跑的姿态?
夏小果不考虑太多
事实上,她并非要追到什么,她又想起某个
　疑问
停止解释和一朵云的相望
向空,无边际蔓延
夜幕中,摇晃的大卡车
夏小果牵念的不是路上颠簸,而是隐约灯火
2
握住什么不重要,天空蓝,要在
耳畔的风,要在
那些深深浅浅站立的绿,要在
夏小果停下来,她开始认真注视一只鹞子的

飞翔
与俯冲
猎物,鹞子,她自己,忽闪的灯火
有人道"晚安"在白夜①
3
释疑无能,追逐成了唯一可信的凭条
命名与界定同等悲哀
"向空的生长或奔跑",夏小果再次重复了形
 而上的求索
她需要拥抱,也需要围堵
像一个人绝望中从无丢弃过草长的飞舞
绿在,蓝在,无极
留白。

---

① 艾米莉·狄金森写过《有人道晚安在夜晚,我道晚安在白天》

流浪

可以绵缠一个人的时间,却无法绵缠一个人思想
可以占有一个人的躯壳,却无法占有一个人的灵魂
"赤子孤独了,会创造一个世界"①
她孤独了,种一棵又一棵橄榄,衔枝
与风兮

---

① 傅雷语。

复多

1
他说听雨,油毛毡上雨滴滚落得更欢
默迪先生停下粉笔字
世界的任一点游动在小小课堂
画面远了,返身的黑白中他扶稳时间的流
模糊而又清晰,从哪一道缝隙观望
都能触及并非存在的存在
2
黑塞写弗里德利希[①]"输了",向晚的栅栏
 睡进风里
内与外每一格,或多或少或浓或淡,无不

―――――――

 ① 弗里德利希,黑塞小说《内与外》主人公之一。

经过
还有他不知和未予确认的，像只火烈鸟炫舞
　梦境
此刻，全部消逝
连半分颜色也没留
3
抽离与剥离那么决绝
"死亡以后才能重生"，谁是先行死亡者
物的内外，默迪先生背转的孤独
与崇高
光线隐去最亮的部分
　月霜更白，适合祭奠也适合
与另个自己对话

小雪这天

未雪，连一星星白的影子
陶丁丁热爱日历上的每一次节气
冬阳穿过枯焦杂糅红黄还生动的樱花树叶
跌落时，陶丁丁从不想着碎与轻飘

她剥开一粒水果糖，玻璃纸中的淡淡甜味
让冬日午后安静地发出邀约
黑胶碟，陶丁丁仍旧忘不了黑胶碟赋予的
　过期的滑入胸腔的滋味
不与他者分享

咀嚼，绝妙的、矫情的、私设的动作
不着边际，却是完整的一个人的抵达和吞咽
陶丁丁从无恐惧

打开的呈现的赤裸裸，虽然刻刀且是刻刀
它逼向任何客体

翻过小雪，之后纷扬，也许可能大概必须不
　完全
是雪朵的样子

存在，灵魂的事

1
落地。他递过来云朵的便签
写上微醺，微翔，微痛，微空，微在的
战栗。气流无碍地穿越一人以外的山川河谷
折成鸢，他的地图
活了起来
密布的枝丫与青色的峰岭，与猩红而又曲折
 的线条
与苍黄的盆地沙漠
绿，穿行
海天蓝，秘灌球体渐展的平面
2
雾霾，没有标识。
雾霾中水杉冷峻的深重，立于江南灰白

翻阅亵渎一份沉寂
八哥转动黑漆漆的眼睛，鸟喙的黄竭力啄破
　模糊之境
零点以后的一分钟，鸣啼衔起落叶松针腐烂
　的气息
死亡远不是终极，她拨弹
七弦琴
3
朴树叶上的光，细碎、明透
谁此刻提及动机，谁就是切斯拉夫·米沃什
　的对峙者
村庄端坐进楝树林
炊烟缓缓，他说过的河流正在来的路上
岸上的玉米地
空旷着，安详着，却又思索着
像她昨夜独自收藏的
孤本

断片

恐惧着燃烧以后的灰烬，他甚至望见灰烬
　　以后坟茔的枯萎
再也不能有什么埋植
夏小果常和他说起轮回，说起死亡的强大
像是故意探讨灵魂的属地
当他煞有其事赞赏她内心强大时
夏小果以极致的强大
推翻乌有的虚词
是，继续演绎的每一个镜头它终将停下疲倦
　　的吸附中的怀疑和对峙
截流，掉头转向
或者在丁酉之刻呈上一出剧目
那年那月那人

馈赠

极简。这样定义的时候,雨又从山南打过来
秋始终淅沥沥,夏小果已经习惯湿漉漉
包括空气以外的所有

散尾葵格外清澈,像一个人分明的眼神
她每天都去看它们
野柿子很精神,一颗颗浑圆、饱满
虽然小小的,却长足颜色
夏小果每仰望一次,天空就出现橙红的光,
　　那么不可忽略

但更多时间,夏小果还是默默注视着
地头草青

微念

白掌落地,种白掌的盆黯然碎裂。
这些,都在我暂别老家以后,风的事故
无人能够指责风的飞扬
窗台木讷,昔日白掌踪迹难寻。

我爱。她花开的样子是佛焰花目
稳住尘世水流
是一叶白的指向,噙在绿嘴巴
让人想起祖母绿无用只言片语,就可以抚慰

小径上坑洼和湿滑
躲闪不及时凝望一指白,像老家炊烟
借风的样子飞起来,却生欢喜却生忧。

微澜

七月初八。
蛊惑的山楂果丢进黑夜,绿叶于霜河泛滥
　　青玉的光
水鸟的白映出星空深潭
其实不空,也不远。

练习长调的人说,秋天用回忆编织经穿的
　　草鞋,放牧
云朵各色。
以流浪者不羁覆盖一只柳叶娘的啃啮
别离泼墨,东坡水调在黄州一遍又一遍沉吟
　　大江东去。

淘沙,要低下来气吞山河。

句点安放三千六百五十米雪山的脊梁,和
　父亲一样
咳嗽沉闷在肋骨,像山歌
眺望晨曦地平线上的
淡淡红。

栖息

1
木兮,木兮
月下她的吟叹一会儿跌落竹丛
一会儿又贴伏上墙影
亥时以后,慢慢蜷缩成蚕

2
齿痕,旧锁
雨水斜过沉闷的老锈
金属部分咬死
还有一部分叮当,是怎么也
调不好的环

3
皱褶的地方,掩藏住雪地里煎沸
由内而外半透明

宜远观，宜合十，宜在雨水
死亡
或者生长

云脚边的歌声

先在云脚边唱
后来檐下,偎依水泥屋
一会儿远一会儿近
清早半空唧唧

之后它们隔枝唱
女贞追着小叶李,榔榆绕着青桐
朴树一簇挨一簇
我看到很多次

隔着五米,三米
最近的一次,半米阳光
我想动作(我总想握住喜欢的,不能狠我贪)
呼啦一下,它们全都不见

继续有歌声
云脚边,像是它们回来
又不完全

把自己种成一棵树

泥土以上部分是天空的,也可以是你的
如果你心情不好,有泪也流不出
你慢下来,或者坐下来
我的苍绿全给你
你闭上眼睛,听听风中叶子的歌吟

可我现在什么也没有
我被坚硬裹挟,泥腥的暗死死拦阻
而你,不能束手待毙
你仰望天空吧,天空的蓝
天空的白,天空的星星

假使都茫茫,仅剩天空分辨不清的灰
一定要相信我既已承诺

一棵树长成
根系的盘踞,越持久越沉默
就越为接近天空,以及天空下的你

以红叶的名义

你说秋天到了,做棉花
我将目光移向窗外,手指西边云霞
一枚硕大的红果停留在山脊梁

后来,我的邮箱里躺着一枚红叶
封面上的白映衬红叶的红滴血
我打开邮箱,又关上邮箱

风来了,风吹不走她

天空之镜

夏小果、陶丁丁、白小薇,天空俯瞰人间之境,镜子里有我又无我。然,每一种表情都凝固于某个逗点,隐秘地盘踞在草木、灵兽、虫蚁的名字里,我并不能持有其真实样貌的一二。

在寂静之上

现在还剩下什么?
抄录和抄袭是不同的,陈述和呈诉是迥异的
因为不能深刻,她一遍遍练习正楷
那个女声,很标准的普通话
法槌下的标准
她盯住一开一合的有素和渐渐矮下去的有素
饮下口罩后的笑意

早市潮声漫过秋天的九月
环卫扫帚一横一横清理职责的地盘,她听见
　　鸣啭,玻璃瓶的滚动,落叶与垃圾的摩擦
车喇叭刺耳
小区倒车的复调终于停止

她重新回到艾略特空心人诗行（结束的方式，
　呜咽而非巨响）
但并不可能结束。她反复咀嚼
一个人的荒原忽然好像长出甘蔗林，九月的
　柠果色生动。

琉璃

栖霞寺云谷寺都不远
梧桐色的倒影里,叠印着蓝眼睛黑眼睛和
　波斯的秘语。

月亮很轻。屋脊小兽伏进深的空
他们谈起归途,热烈以后是片刻的寂静和
　沉默

他说他是男人。她低着自己,说想看湖水中
　的婀娜
后来的后来,是高原上完整的靛青。

百年孤独

之后,夜是白的。江水浑浊不休
月亮始终没有上岸

一个人的黑植入马尔克斯的小镇,鸽子整日
  整日飞
他门前的楝树,开紫紫的花
结低垂的果。

隐秘的力量

我,我们。卑微在每个集散地,漂流却从未
   忘却骨头的分量

踩稳白浪里船只,夜的大氅张开
你是你自己,肯定又必定怀疑
当睛眶的潭水摇荡一个人,更多的人

船桨慢下来,螺旋的轰鸣混合黑啤溢出的
   泡沫
岸,静止。
岸上的我、我们,移动着终将静止。
而夜的大氅,虚张着。

暗堡

隐蔽而又孤峭。早已交换的通关碟画着异符
充满歧义与颓圮的可能
哥特式尖顶再次提醒下一场雷暴与闪电

乌云滚动着。他是他自己的船长
城堡的王——"一匹被勒住的老马即将冲进
　大野的黑暗"。尼采，哪里去了？

敲打蓝

要掀起蓝色莲花的那种。海水透明的蓝,宫
  崎骏的主打音坠落
一个人耳谷,风鼓动莫奈的帆
港口弯成月亮的样子
从那个方向启程,或者等你和我一起
"星星溜进椰子林的沙滩"

红豆

一棵树上的籽粒忘却身世。忘却枝节交错
忘却悬浮半空坠落以后的死亡,她记住自己
  唯一的血液里的红
投奔沃野的泥土
腐烂或者毁灭,投掷出一生最后的
小小的,浑圆的,尘埃的魂。

寄

半湖夕阳的红和你的金一样多,春柳越发
　绽开满枝条嫩芽
风中垂下。有的朝向南
没有嘀嘀声响
她沿着小径蜿蜒,看花的人真多

樱花林三岁的孩童在放纸飞机
每飞一次,落次雪
她专注他的奔跑和欢呼,你不在,樱花开得
　那么美
落地无息。忧伤也是
她痴迷绿茵上的雪

后来,它们都化了。腐烂而非腐朽

"死亡是生的枢纽"——狄金森大意
她想投递落花的语言
你在哪儿?

天空之镜

1
注视我,一直。而我只在腾出自己,迎向他
没能了解全部
但迎向的时间越来越久,慢慢认识每一部分
并不耻于幼稚和重复
像这个三月,打开金钟,连翘,迎春
除了黄,关于黄褐、黄绿,我仍旧疏忽枝叶
　上的
像白夜里从来约数的深默或敞开
对于属性,保持惯有模拟,惯有的两可
而他一直注视。
2
悲伤。喜悦。愤怒。沉思。滂沱。与人世,
　他所有表情和云系达成同盟

蔑视时间的青葱或衰老,不以我的惊异而打
　　碎自己的骨骼
孕育并复生,错误与无悔如胶似漆。流水的
　　水流
我的判断一再失衡
他是他。远距和逼近瞬息翻转
我是微不足道,但他又能够表达我的所有,
　　被宽厚的
宠爱。他注视着——
我。

3
要不死去。要不全力相爱
爱降临和未降临
我离开或者继续举望他的不折不扣的注视
　　(其实大可不必,他醒着他的天空,始终)
即便失败却并不是唯一答案
他的注视抚摸我、跟随我。他转身或者更加
　　狂暴,而我仍旧是那个完整的我
他俯瞰下的我
渺小,擦拭不尽

而他从未收回他的注视。为此我爱
爱天空之下我,天空之上的
无限。

悬

虫体蠕动一颗心的翕合
她慢下,再慢下。无人知道远眺的落日湖岸
　是否因此
没有轻浮归址的契约

"人性架不住强势大考"
"时间从未许诺两难瞬间的抉择以及平衡"
"爱与毁灭的临界,晃荡"

逆光的背影里,高大像是大地上死亡的符咒。

她在子夜深处念,默念,一遍遍念取卡入
　喉管的
那部分

"要不永久放弃,要不同时望向一个人的眼睛
　和唇齿"

末一句作为细节补充,忽然间
失明。

春风无解

1
开场几次,她绕开椅子走向阳台。晴,
二月二
母亲早早来电
嘱咐来拿炸牛肉,父亲亲手做的
她有小女儿的依赖和福分
笨手笨脚的人偶尔做出五香牛肉,挑剔口味
　　的人也点头称许
她顺带一份。
惦念的人,等在三月
2
光,必是倾城的。她坚信所有守望不负每
　　一枝江汉的梅花
途经或者遥寄,从来无约

但到来,无半分惊讶
如你,小耳朵——
她只默默心怡,二月兰即将葱茏人世的堤岸
一个横笛的孩子眺望
春日麦田
3
绿,说青就青了。迎春杏黄杏黄闪着眉眼
袅娜,却无许
她喜欢静谧里的缓缓注入,像牵挂
与祈福,如是。
火车、动车,它们穿越各自地图,站进祖国
　的山河
悲欣,她有百感的记录和忘言。

爬山虎

极尽相似。漏。虎。爬山。并无相关的一伙
　形名动,互为致意
窃喜中惶恐而无尽的悲伤。独自行
风止。息未止。柳条儿探着她的腰肢
和一湖水
赛蓝。赛幽。赛静。

白鸟置若罔闻地飞。平衡它自己的双翅,羽
　很白
西向半方老墙
民国建筑。木栅栏锈色萎靡中
忍冬,石榴,栀子花
各开各的好看——

一壁纵横的黛绿,惊心。仿佛变异的血管
　铺张
亮相夏末近秋的时日
接下来,渐变的橘黄,至红、猩红、烂红。
　直到无以挽回的凋敝

然,根茎死一样地长进墙体勾缝
标注的毁灭
或,可能的复燃。不予诉。

慈光

大提琴直立。圣·索菲亚教堂的广场前鸽子
低飞,冲霄,盘旋,吃食。
同行的人去了伏尔加庄园,要拜见普希金
她不置可否。此刻她贪享一次露天音乐会

她爱巴赫很久了,她喜欢橡木桶里的雨声
腾空以后敲打夜的窗玻璃
弹进骨头,沉闷、激越、无以出逃。漫漶
　躯体的全部缝隙
白月光照进来

林子矮了。哥德堡变奏曲飘过来

无药

《识别应用图谱》又在眼前吹动，流浪孩子的
　　行途指南手册。
独自太久了，她害怕滂沱与无视的漠然
宁愿一个人看花，衔草，和斑鸠、虫蚁闲逛
荒野。仿大鹏，学麋鹿
也学一只低回的候鸟什么也不做。
发呆。无所事事。
和遗忘——

"萎缩，溃烂，以及翻江倒海"。听说，隔壁
　　的阿婆力气很小
但收拾自己干净。不说话，独来独往
仿佛被这个世界已经完全抛弃
可阿婆的园子好葱郁呀

辣椒，毛豆，苦菊，一畦一畦的
像列队的士兵。向晚，它们都有好看的
倒影
阿婆，不知疲倦。

鱼的隐晦

鱼的定义,驳杂。机趣。被人类绑架很多
 暗喻。
而所有,仅仅世相的
锁定。

一如文字的删减和镂空
再次疼痛细微的人。艺术制造又一次被赋予
 机心和埋伏
每一片领域都自然地呈现,无有掩饰与模糊
目光里的
存在或不存在,一条鱼游经的航道
始终蜿蜒祖国的川流

而一条鱼的游弋,不能置换或者偷袭它生命

里的航线
每一次经过，都是苍宇的馈赠和注目
无关物质交换与勾兑
有的，只是微卑的，生的，意义的探寻

关于"鱼"的指认，可以马哈，可以草木，
　　也可以
天空俯瞰的诸多生灵
它的翕合，是你的，也是我的，更是
她的。

轻或者重，尘或者灰
都逃不过风雨、雷电的洗劫和劈闪。
辨析一次，缺憾一次
鱼，深刻一次。

辨认

也许都还需要再次辨别。就在大雨刚刚停止，
　空无一人的街道上
昏黄替代黑暗，路灯举着它的小橘子
影子斜进路面的光斑里
突然，汹涌出悲壮的
幸福来。

陶丁丁拿刻刀，并非把玩手中木头，也并非
　雕刻往事。
她固执地握紧刻刀
只想清晰薄荷的凉与寒冬的凉与转身的凉
哪一种更具备雕塑的温度属性
刻刀给不出答案，但绝对可以提供
某种线索——

比如植物的真切，季节的切换，时间的冷漠
在相的形而下，陶丁丁贪婪提取
抵达的无缝与透骨
与战栗，与隐的——
花蜜。

就在大雨刚刚停止，空无一人的街道上
从影子的刀削中，她明晰了
某些意义。

在面具背后，闪烁[1]

勇敢。写下这两字，我自己羞愧
今日大雪，记得的人不多。面对的人也不多。
老屋灯火用头狼的眼神
盯住半死半活

隔壁麻二爷接到儿子快递
京大盛秋哎！一衣带水的金，一衣带水的
　十二月
有想象不出的绮丽
和繁茂。我从石头城回来，经过他们

---

[1] 出自特朗斯特罗姆《1966年，写于冰雪消融》。

老屋的砖与古城墙的砖,截然不同
但每一条砖缝都有
相似的呜咽,相仿的苔绿,以及相近的幽深

麻二爷褶子里,像是也有砖缝类东西。

我们是大地的[1]

还是有点矫情。文字生产者不能绝缘的陋习
当明透的冰花递过来
我无法接近的所有，全部结出最新
白天竹的红果

浑圆。微小。密集
植物学家定义不了的隐性参数——它光泽而
　　又凹陷的部分
仍旧敛肺，镇咳。清肝，明目。
去山城，那里除了一棵连一棵的黄桷树
还有整片整片的白天竹
含毒。

---

[1] 出自特朗斯特罗姆《十月即景》。

人间四月天

1
风在每一朵花中,朝向光的时候
车驰,花影晃动整座城
他是读了庄子的人,和母亲散步,看经典
传写黄昏
穿过白的,粉的,紫的丁香花丛
2
深浓下去,她专注蜜蜂的忙碌,仔细目测
弯曲与吸吮的纬度
借风柔软
花蕊的颜色又深刻一次,反击枝干上
小部分死亡的黑
3
让寂静来得更为寂静,慢慢孵化春天

她想起他唱莫妮卡手握虚拟的
麦,沉浸而旁若无人
沙地里声音嘶哑,云空裂成七色的锦
风继续吹
4
疑问在走的路上,生活无须标准答案
凌晨三点醒来
积木和方块字仍旧差别,那道螺旋式阶梯像
　　通向博尔赫斯图书馆
又像是望向某个
出口
5
紫荆、紫藤、紫泡桐花,她们一个比一个
　　浓烈
晚樱也是
柳枝绿压住黄土隆起的阵脚
四月,除了芳菲
人间错不开,几只纷飞的烟蝶

水形物语

1
雨天的樱桃树、苹果树,白小薇说她们都
　睡着了
独有还没有的,她清醒此刻唯一的清醒
借每滴流体的姿态滑进
干涸,打探暮色以外的私密繁殖
溢出嫩绿小爪
2
对话有些困难,隔住海域稀释不了的蓝
模糊眼瞳,她经过
海鲸张开的口笼罩通道
黑啊,白小薇无从惧怕可能的撕裂和吞没
她要呼吸感
3

预订的票根在故事演绎之前

时间简史就此戛然而止。午后的荷不再喧哗

他停止歌谣

"与悲喜与成败与囚笼"成为休止

无问西东

4

灯光暗下,结束或刚刚开始

她试着走近雁荡的芦苇,芦苇深处斑驳的
　　白银

声动有一刻制止白小薇脚步

她忆起鳞片剥落,两只鳍的变异,一条巨尾
　　掀起

夜的倾斜,白的微澜

5

拥抱。水流在她和他和它的身后

雨天的樱桃树、苹果树睡着了,白小薇也
　　快要

睡了

午后之境

穿过空茫，一个阴雨冬日的午后
她独自将音频调至恰好
听清的位置，一个人的屋子，一面墙的书
声息抽出来缭绕在实体空间，散不走
完整包裹着寒月

黑胶碟远了，音频微波长成浅翠的脉象
维度与年幼时祖母切成的
绿云糕相仿，谛听
身体每一颗味蕾都张开触角，它们吸附
来自空茫的，仿佛桑菲尔德庄园那个男人的
　声息

她又独自默念了一遍

三段平仄，灌木丛内红嘴黄爪通体黑羽的
　长尾鸟
小步舞曲旋转，眼前
并非猎者的

秋天的问寻

河岸的风夹在栾树叶子里
几颗露红的果子
烛火,几个诗人点燃的烛火蝶般迷离
陶丁丁经过,又像没经过
她总觉得诗人的笔画少了什么
可陶丁丁没找出答案

胡阳的《李白》,沉闷、深重而又寂寥
倾斜的酒坛,瓶口有些黑
陶质的坛体在古远
秋天的月光很白,胡阳舞动时,骨头飞成一
　朵朵孤云
但更多,旋进山后面那片
空

迷离

虫眼,风的病痛
落座之前,陶丁丁看着木椅犹疑了两秒
这是他揣测的
他其实很喜欢所有纹理间某一处
隐约的陡峭或者窟窿

发现和不能回避的,类似风的伤寒
浅浅症候,像不起眼的小虫
蛀一下
并非什么人都能意识
陶丁丁,他无意读取了一个人细微中的柔软
也或许可能的、静谧里的、刀锋的白

替她挪开椅子之前,他觉得一定要点份

鱼子酱
奢侈食用行途的时光
她尚未开口说话,她尚未透露窗口的风声
陶丁丁低眉拿刀叉的模样
让他又过滤一次——
深海游水未上岸的
鱼

听秋

1
隔着一场秋雨,她来了
夏小果拉开帘子,但又忍住自己
木樨从月亮一角漫过枝叶
空气里有木糖醇味道
吸一口,无法完成孤独中的完整
她想慢慢咬下去
2
不着急,她心底说。也是他说过的
广场空荡荡,拉胡琴的男人弓着背收拾一天
夏小果漫不经心瞥了一眼
水洼映出灰蒙蒙的斑驳
她并不关心掩上的琴匣获取多少
她竭力辨析的是两根弦夹带的滚动、压抑、

起伏的江流

3

　　容忍与不容忍，她要每一条水纹深或浅地
　　　吻过身体每部分
　　岩性的，盐性的，炎性的
　　虐杀过程中，存在牢牢的捕获
　　虚妄空白不再无岸可登，那些不可一世的
　　　怜悯和绝望不再困住
　　暮夜悲凉
　　夏小果要悲凉里的鲜活与跳荡

4

　　背转过去。她，或者另一个自己倒空
　　窒息的沉默得以交换
　　木樨树下未曾拾取的黄，白，以及赤色的红
　　她想起祖母姓李，蓝的一部分①
　　夏小果从诗人的文字臆想推断而来，但其实
　　除了蓝，秋斯文的阴影，她没能更好选取一

――――――

　　① 李亚伟《秋天的红颜》，"这天空是一片云的叹气，蓝得姓李"。

种色彩标识

5

许多杂乱乘着雨后的蛐蛐声上岸

她无法确定在岸的哪一边，确切说还不知自
　　己是否接近了岸

她并不继续深想下去

鸟鸣啄醒近似黏稠的汁液，必须能够流动

夏小果从不轻易地安上某个字词

比如愁，她摁住要开的菊

向日葵

雨水,经过葵花地
她们是不惧怕遗忘的,都有母亲的骄傲
她们鄙夷瓶口燃烧的火舌

膜拜已风行几个世纪,但她们更热衷于具体
　领域
个体的、野外的
像此刻现在这般识别不了的荒原,全离不开
　天空的注视

一个人的笔,终究无法替代苍穹下的任性

蹚过同一条河流

一个错误命题,照旧死死拿住她
可能的,丰富的,艺术的,奢侈的,希望的
　自我欺骗
与生命的颠覆
接近光之前,她就是光
接近毁灭,她就想剥开全部华丽与俗世的
　包裹
裸露夜的跳荡下的白骨
骨头中汁液,汁液里的红隐遁
但兴奋密布脱落的墙坯还原时间背后的
小部分、大部分

幻想河流命名,从牵住他的粗大手骨开始
河滩遍布坚硬的、圆润的以及奇怪形状的

灰白石头
但他说有胭脂红的石头,他牵她一起找
后来他和她分开找
光,先是向日葵的黄
最后血红,河滩上石头涂满胭脂色
四周寂静无声
那一天,她在他的眼瞳里吮吸
水流的甘与涩
风吹过来

故事片段,成就了一幅《玫瑰河谷的寂静》
她行走在京都宋庄
背包里,存放着赫拉克利特
《论自然》的残篇

芒种

留心这天,不仅仅因为镰刀
刃口里汗渍
是他们躬身的姿态,让我羞愧于
一个人远距泥土
形而上形而下,极其白雪阳春

倒伏的寂静中
没能缓解锋芒的逼问
他们割下,再低头抛种,不计后果地
进进出出
有没有佛语:活着,将受苦;你爱,便不苦

大片的苍黄
坐在农事之外,我听水流瓦解

一声无法近前的招呼

模糊的影迹

随同风落,随同梅子雨东奔或者西突

画布上的树

朴树，女贞，杜梨，榔榆
要喊出哪一个才是画布上的你
也许都不，也许全部

仔细辨识每一枝的起笔和收势
错综神态
无论怎样分叉而旁逸
少不了最后矗立
面对云仰望

所有存在与生长
留下根部以上的线条、棱角
叶子省略，把一切交给风

关于陶

消逝的代名词
在土质沉降中触摸到斑驳喘息
还不足以扣紧七十八频次
月色勾兑，淬火锻造
再让无色液体渗入每一道符码
还不够。

缓缓修拉，精致转轮
尘埃里的割舍不下
直至红与黑交错颠覆乌夜遮蔽
但还不够。

时间的水流，没人能安详读取，也无法
读取，当无形指控替代真实相对

时间的烧窑人
所供奉的,除了让吴道子与陈之佛活进圆形、
　　线性、菱形
以及波浪和全部暗语的花饰

必还有,一旦面对它们
总恐慌时空的爆裂声,从某片暗影闯进来
万马奔腾
或者,筝音独奏

酸菜心

这个冬天
她决定扮演一回好女人

五棵结球甘蓝
饱满、青绿、热烈,每棵花的形状

去残、切分、暴晒、净洗、入缸
加凉白开、适度盐,关键封顶大石压牢

密封窖藏,寒冷使所有紧缩、发酵
全部酸香时,捞出来好好佐食一个人的生活

豹子

谷雨。侧身。
石径。踽踽。
凌晨五点。山岚微蒙。朴树叶子发出微妙的
　　细语。

小镇眠熟。黑，行草出"诗意的残酷"
但，有人在练习奔跑
练习一只豹子提速，像猎获，又像越狱的
　　前奏

汗水滴淌。覆盖了警觉和忧伤
暗影的掩护，斑点的起伏抖落骨头里的锈色

她无意间瞥见，时间回到被忽略的一部分

山的回响

从最初的元音到无意的开音节,直至后来的
　闭音节
南山每朵菊都保持生长和复沓的循环
连一滴水跌落青石的角度,也没有超出旧常
它旁边的黑松枝,除了叠起表情,一如既往
　目不斜视

唯有山风经过,老鸹的叫声不小心刺破夜幕
偶尔,月亮影子会悄悄斜一下
所有这些,全是南山的宿命

五柳先生,他只能是一个朝代的曾经标签
如同长安只属于流云下的大雁塔,此后再不
　能挪开半步

而现在,你每靠近一次,我便忧伤地快乐
　一回
你每每低头一次,我便快乐地忧伤一回

夜来风雨声

数小羊,一二三四五六
仍旧无事找事
这黑幕布上伎俩,总在想要的清晰中如麻

谁能不动声色厘清途间打了结的牵扯
不为花开花落悲喜
不为碎念忧乐,一任风来风往

然后,将雨的心思种进泥土
有没有可能,远处一片绿洲和这有关

开到荼蘼

热,那些不安的分子
急剧撞击、分裂、弥合,再撞击、再分裂、
再弥合
直至改变最初宁静

没有任何觉察,一点不为人所知悉
经不起推敲,咀嚼。
于黑,仅是不能言说

五月,应该多关注一点花事
留心一次荼蘼。每天清晨,我们学会先微笑

腐烂,未腐烂;存在,未存在
轮回,以及尚未轮回的
裹挟了每一寸细微,每一只细胞里微澜……

风的骨头敲红叶

暗底,阵阵袭击
我轻轻翻动旧日书卷
风的骨头敲红一片片叶子
秋浓,青雾凝结了遥远
尚未弥散的伤,和一只雁同行

苍穹嘶鸣,多么不合时宜
月光,又一次盈满悲悯

夏小果之纪

是我,又绝对不是我。2020年,遗忘是可耻的。庚子年,谁都无法轻易翻过的一页,以笔涂痕。之卑微,之痛惜,却又在艰难中奋力擎起光亮和至上。

目睹

1

小雨,中雨,雨夹雪,它们替代了庚子的年初二

凤鸣廿五去往枫香驿停留成句点

持烛者倾诉人类悲哀

继续站在不远的秘蓝之境。王单单写下:

庚子春节,武汉或其他

她的雨山,桃源,天泽水岸,中央花园

口罩遮蔽人的表情

电子体温计告罄

2

逼迫自己描红,一遍遍描:涧户寂无人,纷纷开且落。

而江汉水流湍急

她无法描摹两岸城池的焦灼，透支与即将的
崩溃——
夜的嘶吼，苍黄里呜咽，丢了的钥匙啊
一只水貂潜伏海底，它目睹人类的恓惶和
拯救的誓师
各自领地的旗帜
生存。生活。生的要义
3
"指月"。
她的单曲被人一次次翻唱，还是不够
一手执空，一手握有。红树叶丛中的麻雀
惊飞它们仍旧还会回到枝头
莫言演讲贫富和欲望的制衡
"苇草的萧瑟，有人读取荒芜，有人碾深思想
　的孤独"
她一边祈望，一边愤恨，一边悲伤
敲击无用的抽象的
来自庚子正月的轰鸣

1月30日　周四　晴

年初六阳光大好，如果能撒开脚丫跑跑多好
可禁令。继续蜷缩被窝
手机备忘录里编辑：新型冠状病毒，危险，
　隔离，安全。天使都还是孩子
谁是英雄？

最佳防护武装，戴上 N95 口罩。得给双亲再
　备上些口罩
想法没能实现——药店售罄
连同蓝色简易医用一次性口罩
防疫多久还不能确定具体时长
危机四伏。耄耋之年的老父亲还是很勇敢、
　很自信
但今天终于乖乖戴上 N95 口罩外出

江东小城公交车停运。她有步行嗜好
行人一二，小车稀拉驶过
小区甲壳虫安分守住自己的泊位
金鹰双子楼耸立依旧，商场停止营业。微缩
　的埃菲尔铁塔苍白而又孤单
"I DO"。上弦月冷挂夜幕

大华广场真的很广，八佰伴不再灯火通明。
　女郎春天的眼神依然春天
雅诗兰黛鹅颈引望夜空，骡街寂静得有些
　可恨
"城市心火，却有意外惊喜"
一名环卫工人低头弯腰仔细清扫垃圾。她
　有——
橘色的火焰，发亮的光环
橘色的工人戴头盔、戴口罩，把守自己的
　岗位。
路遇者的羞愧迅速被夜色遮蔽，包裹
深刻封存。

1月31日　周五　晴

年初七，人日，继续向晴
蓝，清澈。

万家怡园小区封闭，从朋友圈得知。
江东病了
楚歌若远若近地，与江水一起拍打庚子忧伤

父亲生气了，明显生气她拒绝家宴，拒绝
　聚会
"不用管我，你们一家三口健康就好"
"要你和妈妈都好才好，大家好才是真的好"
她幸好站在父亲面前对话

窗外斑鸠又飞来，它们衔草，筑新窝

咕咕、咕咕地叫

阳光，奢侈得好。她奢侈地出门去苏果
那个女人比她还奢侈
坐在阳光里，拉下安全口罩，手指夹着烟卷
整个人发亮
凑近举起的手机絮语
午后的阳光里唯有她自己

路边小院铁门留着条缝，无人，无花果树
低矮，几颗果子精神
实在忍不住诱惑，推门而进——
对准拍下：果小，却饱满，枝尖青绿的芽

阳光真奢侈，它们大把大把地，斜斜地
穿过香樟

2月1日　周六　晴

零点。三点半。六点二十。
鸟儿练唱，鸣啭，抑和扬，它在白杨枝头？
还是那棵楼下的广玉兰？
很近。窗外，可能一只画眉

沉寂小会儿。然后布谷，麻雀，喜鹊，灰
　椋鸟，野鸽子
它们低低切磋，或交响
鸟世界，她只听，远远地看，无边际思

回放。年初一，儿子微：回来药店买支
　体温计
她遵照指示，在这非常时期
幸运，在老百姓大药房顺利购买到最后一支

电子体温计

早晚各一次,儿子自测体温
她好笑又假假地愠怒:
"无接触史,无来源地,无污染源,无任何
　症状
纯时间没地方消耗隐疾表征"
两天后,电子体温计不再频频出现。

时间捻细了花,连同夜的呼吸——
一笔一捺抄录海德格尔关于诗人如何说出
　语言的花朵与轰鸣
笔尖触及纸张,仿佛两个知心爱人。
两小时沙沙、沙沙
专注得很。

2月3日　周一　晴

所有平常成了稀罕，所有不在意的
一棵白菜，几根菠菜，那个贾玲叫嚷着灵魂
　　的大蒜
幼稚而真切与俯下身体的凝视
和长久地观看它们清泼泼、无拘无束的样子
包括打开窗
穷尽所能地眺望天空、云朵，尤其她熟悉了
　　很久的野鸽子
飞飞停停，有时候黑骑士一般
立住自己身体，小爪红红的，侧向她
她与它眼神对峙

柔和。难解。互谅。完整的一天，足不出户
从书房到阳台反复数次，千余步

仰卧起坐六十，下蹲减半，扩展扭腰忽略
抄录一小时庞德关于平庸和精确
给母亲打电话，老父亲很乖，出门戴口罩
给年前从武汉回来的表侄女打电话，都很好，
　 一切安好，一家围着萌宝
开始养成看电视的习惯
看钟南山、李兰娟和火神山

夜深，她想念她的湖
毛姆说要完成自己，博尔赫斯写下《七夜》。

2月4日　周二　晴

确定还是它们，唤醒她。那些长羽毛的家伙
那些站在对面屋顶和枝头上的精灵
立春。她爱它们，也嫉妒

原谅她，戴上口罩
要原谅，她推开一扇门
原谅吧，她选择走进阳光和接踵而至经过
暗流的时间

走自己的路，但是努力避开和她同样行走的
在她自己的天空下，但并非完全是
走向那片梅林
敞开的，那些结满语言的梅林

"迫切接近,仅为一提香的浸入"
"如果形色占据一颗心,必定不是爱的纯粹"
"骨朵,久久注视她们的存在,明白花朵的倔强和生机"
"而绽放,因为要绽放"

她撇下自己,透过一棵梅树,看更多结满语
　　言的梅树
红,白色,冷绿,以及遒劲老枝上的粉
她们包裹花瓣,像包裹会飞的羽毛
急切是可耻
可耻的是从不说出心底欲望

而人类,多么急切啊
作为人类的一员,她将忏悔
立春日,她为此忏悔。而忏悔,或者并无多
　　少用处

2月5日　周三　晴

抽离生活意味着最大的遗忘。而若你不得不
　　再次臣服于它
俯首：你的迷途，失忆，绝望与你的不甘
仍旧流连你初始的不舍和热爱——
诗歌。这无用且备受责难的闪电的巫术的
　　灵异的镜子里的鬼魅的崇高的自大的
载体，无意剥离躯壳下的不死与种子的羸弱
　　以及唯一拯救的虚幻和坚韧

火神山，雷神山，龟蛇山
黄鹤白云的唱词零落于护目镜、防护服、
　　口罩、不断攀升的数据

"武大的樱花快要开了，妈妈"

"南山爷爷,他能不能和我们一起去听樱花
　的风?"
你被楼下的穿行小喇叭:戴口罩,勤洗手,
　发热及时就医
惊醒。
坍塌仓颉的荒诞

2月8日　周六　阴

许今日不流泪。活着的人继续自己每一个
　动作
甘心和不甘心的
真实或者不真实的，都在2020年的正月十五

她写下2月8号的自己，一部分。
合掌，为那些去了的父亲、母亲、女儿和
　儿子
她没哭，就认真安静地看

读刘年的"雪原上，战士还在爬"
读他的"这首诗还有三行，埋在雪里"
读韩东的"我因此而爱你"
之后，她读了正在写字的你

好好地听了一下窗外：野鸽子明白地
在叫。

2月10日　周一　阴

隐瞒和不被隐瞒的。
盲选两册书籍，写下自然和人性，省略最爱
　的哲学
拉闸瞬间她并不知道敲门声是否来自这间
后来的寂静也不证明什么
到了今天也无法证明更多的什么

仍有信念热血澎湃
仍有悲戚连绵如雨地飘落
仍有惦记是凋零的叶子和新发的芽

流连湖畔，柳树老枝它内敛，它沉默，
　它冷峻
她沉溺萧瑟与清奇

婀娜不能成为二月的主题,像红梅低下眼帘

"我爱自己更胜于爱你"
"夜晚的锉刀和洋钉,它们别于一支长笛摁下
　的风孔"

尼采的追问与叔本华的悲观都和她
无关。又一天结束的开始,晴过后转向忧郁
也没什么,东西日落月升之间
无止地换位

春日以降

天空仍旧舞着一只黑色大蝶。介意和不介意,
　都自然

2月11日,传说地球引力最完美的日子
去梅花那边走走看看,怀着忐忑与奢侈
经东安路,穿过铁道口,过两个红绿灯,转
　湖东公园路,经杨秣新村
雨山湖东门安检体温正常。她的口罩遮蔽
　二月心情

榔榆挨着女贞,紧紧地
白梅不再如前生涩,洁净得明白
洁净而透彻地开
想起许多人防护服的白

郁悒的伤。八哥不管闲人发呆
落地，啄小虫，觅食二月草色
红梅树林，最好看时间

爱着流霞的人困入灰森林，找不到出口。
"二月不对我好，但我确定一个人要深刻自己
　的二月"
"无论这个春天是不是黑色幽默，轰响到来不
　能拒绝沼泽的动静"

她没细嗅的暗香，夕光里浮隐。

每天都有人替我去了

雾锁，抄录一小时《心经》。一些文字蜉蝣
　一般
有时吹吹庚子年的风
但无惧无畏啊
蝼蚁、醒狮
与未名。

飞舟。泗渡。施援和上岸的
泪水不敢模糊天使的护目镜

她也不哭。每天认真活
出入持卡，每一次测量体温都有礼拜的虔诚
　与致意
口罩让她再次体味语词的重量

一粒词不能点燃路黑,那就划开肌体下愚钝
和肤浅的自己

好好活,为了每一片替代往生的轻与重
沃野里飘荡
和沉寂的,有她未及相认的亲人。

若有疼痛

奔跑和徐行生出琉璃的美
夜的眼瞳凹陷大地头颅
肋骨里咬合,她以尺八的方式抵达唇齿

入定——
远袈裟,远寒山寺之钟,也远小令半阕的
　悱恻

滤掉靛蓝前言,拒绝高原上蓝,落泪海的蓝
和她指认二月的鹅掌楸
一粒接一粒,一颗挨近一颗
吮吸云空里所有
以及,不能遗忘的遗忘。

新柳

风,一声紧过一声。沉闷且蓄积力量的可能
2月15日,小雨,预报寒潮
等待与希冀生出反转颜色
雨山湖持有漫不经心,堤岸围拢犹如母亲
　实诚的臂膀
不说话,也是好的。

几棵老树灰褐、托额,憋住自己隔离二月
　萌动
停留的人停留春天疑问和烦乱的忧虑
半个天空反复字节:
生命重于泰山,疫情就是命令

五六个拎拿摄影器材的行者匆匆经过

昨夜看见摘去口罩的战士,勒下的血痕喑哑
面颊的号角嘹亮。
眺望湖水的静与不静,她注意到柳杨枝条的
　纤细
和悬垂,浅黑发丝上梗起
逗点。

2月16日　周日　晴

换了几次啼：汉水，汉水
断不了的视线。弱，许她撒下
雪雨雷电与不能呼吸的蓝，神挪移山川里
　的人
死去活来，总有翻过的一页

空出半个时辰投食斑鸠和麻雀。
抽出更多空
去半山花园、小九华或者杨家山幸福路
忏悔、祈祷。

一条江水的沿岸，麦浪和油菜花生长
翠玉的绿和黄金的黄。
二月柳鸣，雨水还有三日
她深爱，这人世。

2月17日　周一　晴

清儿，生日。大洋彼岸，小小蜡烛燃出完整
　的青葱
祝福隔屏。小小绿人儿复：等疫情过去，出
　门踏青正好
她说：chin up！

小小清清的人儿，捧着小小的石莲花
黑珍珠浸满无限美意
那年夏天，她与她缓步西子湖畔，她唱十八
　相送，约东明山

遥居圣路易斯的她，捧住绿色面朝东方
她说美好，她说治愈，她带回家养护小小的
　绿植，持久的绿色

嗯，她眼中有了她的绿
如同她怀抱蓝，怀抱一棵树，怀抱鸟鸣
和人间的光。

2月18日　周二　晴

活着与醒着，清晰而又模糊临界点
正如死了与活着瞬间颠覆
而行走且停顿的人，死或者生，醒或者眠
　不过躯壳内外的南行

她行楷：惦念。平安。日日夜夜的记与思
木槿叶片落尽，明天雨水之后该发新芽了
纹理越深，越期待缤纷

2月19日　周三　多云

今日雨水。云层有点厚
"她的想法能抵半钱作用，也是好的"，透过
　　梧桐枝叶，远远
她看见房车改装的白房子
白房子外面，红十字很夺目
迎风的国旗，也很夺目

室内静悄悄。紫衣服男人凝神锁眉，他填
　　表格的样子庄重而仔细
白口罩封住语言的无能
背转填写的女人，一肩柔美的黑发
护士小姐姐低眸指点，模样儿像极了——
粉色康乃馨

雨水之后,春天就更深了。
小姐姐告诉她,小城第一批血浆已经运到
　武汉
下一次 2 月 24 日以后
嘱咐她那个时间再来,更好
等待时间。她身无双翼,愿以血管里流淌
　替代奔赴
与合十。

2月22日　周六　晴

鸟鸣，窗外。天空，炸开的蓝
安，比什么都好
她甚至觉察到二月枝条渐渐复苏的春意

依旧摁住自己。培植寂静拯救突然涌动的
　悲伤
折起悬铃木里的光
她确信影子的左侧那片樱花林
正努力蓄势

落叶有形。红梅印染夕光里的人
绿梅悠悠浅浅
每一株都纹上水流中不能褪色的部分

相对于草木的枯萎与反复翠青
人的辛苦，或忧戚
什么也不是。

2月23日　周日　多云

拆卡。东安路上防疫拆卡，雨山湖入园体温
　免测
6路，10路，13路公交8条专线昨日12点
正式恢复上线
骑电动车的、行道路上的口罩明显松弛
她后来看到南山院士的焦急
大部分地区2月22日拆卡，有不得已苦衷

闸口涌出的小鱼、大鱼，整了一个月禁闭
云朵半明半暗。停盘，复盘
二月红梅真的很艳很艳
念"思无邪"，她想看怒放的梅花，武汉的
　梅花

3月2日　周一　阴

云朵，后来藏进梧桐、雪松。蓝，不再惊讶的蓝。

LED 灯，很有艺术的亮
白昼暗下的灰很快沉入她喜欢的静
又暗自满足一小会儿。300CC，血管里流出注入她遥想的地址
仿佛所有密切而又生动
忧伤完成一个人救赎，减轻苟且
幸存者出具三月的风信子

云一低，便能看见爱人和亲人的眉眼。

植树节

土壤刨开,她窗前的所有。未见得伤口或者
　其他意象
更多植入的思考和待定
很久的封闭,庚子年赋予的鞭打以及冷酷
不叫不嚷,以迎接的姿势冷眼直视——

阳光真的很好。不负人间
不负每一双睁开的眼眸,包括不敢对视和
　逃开的
青桐凋落后寂寂,无有多少悲哀
仿佛滋养意外的从容与干净
不与早樱争粉,更远离明艳的金钟黄

一棵树的繁茂或者寂寥并不能持久证明什么

站在大地之上
她更愿意思忖根的衍生和扎实
越沉默,越能保留一粒种子的高贵,而三月
　从未亏欠
每一次躬耕
你,我,我们的。

狂欢的雨忧郁着

像是哲学最佳表述,以可触的穿透浸染
隐性而又危险的病毒。
春弥漫三十六点一,安静贴伏躯壳
油黄的花朵田野上丰盛
它们省略人世的怀疑和检测
一朵比一朵奔放

午后悬铃木走过来的她,脚踩落叶和雨
鸢尾的绿条宽大、低矮,生长的白皮书写下
　三月散文诗——
雨伞外打击乐加剧了交响
她无法待在屋内。

蔓长春花蓝紫,有的开成喇叭,也有的紧紧

裹住自己
"刚刚的灾难过去了吗"
草叶里滚落无色。
"如果忘却将是一生的耻辱"
不远的地方
香樟红红的叶片铺满小径
距离清明五日。

一只白鸽的眼神

1
要原谅突然脆弱。妈妈,她再也不能蜷缩
　　您的圣殿
无偿索取抚爱,索取吻
索取棉朵的安适与洁净环绕
她颓败渴望的那一瞬
(妈妈,她爱的他还在途中)
原来成长会生出悲伤,虚空而又切肤的刺痛
2
爱注定在飞的行程里颠簸。她多想停下步履
一只鸽子咕咕地叫(其实有很多,她目光中
　　摩擦的唯有对视的那个)
教堂。少年宫。花雨广场。七月云空敞开
　　自己

起飞和踱步,或觅食
她是离群的一只
3
越来越频繁的复制距离。"解封的春天从此
 不能遗忘"
"每思想一次,爱与哀愁全部呼啸碾压"
(白鸟眈眈呼吸的肺叶)
口罩。测温仪。核酸检测报告单
自我封锁的十四天
4
哦,妈妈,七月打开她。
一只鸽子啄醒的
除了越过千山万水,还有穿透黑暗的一道
 闪电
思想的麦芒从无埋葬于城堡的精神
睁开眼睛,就有无数蝴蝶从一棵橄榄树下
翩舞
而白鸽咕咕地叫,Ta们——
都还在路上。